ラブソファに、ひとり

石田衣良

角川文庫
18959

ラブソファに、ひとり

Contents

ラブソファに、ひとり

目のまえには数十枚の書類が積まれていた。

そのむこうに、にこにことビジネス用の笑顔をつくる中年の銀行員が座っている。この人も結婚しているのだろう。薬指には鈍く光る指輪が見える。あまり自分のタイプではないつまらなそうな男だった。スーツは高級だが、決定的に地味だ。上尾理沙子《あげおりさこ》はショルダーバッグから、実印と水性ボールペンをとりだした。ペンはドイツ製のお気にいりで、大学時代の友人といったヨーロッパ旅行のおみやげである。

「住民票と印鑑登録証はおもちいただいたでしょうか」

忘れていた。あわてて区役所のマークがはいった封筒もとりだす。銀行員が中身をあらためた。

「はい、けっこうです。では、こちらの書類にサインと捺印《なついん》をお願いいたします。間違っても訂正印を押せばだいじょうぶですから、ゆっくりお書きください」

自分の名前と住所を間違える人間などいるのだろうか。理沙子は一瞬バカにするなと思ったが、それでも一度だけ間違ってしまった。なにせ住宅ローンの契約には、むやみにたくさんの書類があって、そのどれにもしっかりとサインをしなければならないのだ。だんだんとなにをしているのか、自分でもわからなくなってくる。住宅ローンの契約中にゲシュタルト崩壊を起こす人間はいなかったのだろうか。理沙子という名前が突然、意味不明に感じられてきた。これは誰、ほんとに自分の名前？

理沙子はいったんペンをおいた。

周囲を見わたしてみる。そこは新宿駅まえにある都市銀行の会議室だった。かなりの広さがある立派な部屋である。なぜか、ホワイトボードのほかにおおきな絵皿が壁際に飾られていた。支店長の趣味なのだろうか。大輪の白菊がひと抱えもある皿を埋めつくしている。理沙子のほかにも、数組の客が契約書と格闘していた。横長のテーブルがいくつもだされ、それぞれに試験の監督官のように銀行員が張りついている。

ほとんどの契約客は、夫婦連れだった。不景気とはいえ、今もマンションや家を買う人間はこれほどいるのだ。驚くほど若いカップルも、驚くほど年をとっているものもいる。理沙子のほかにひとりできているのは、十歳も年上に見える中年の女性だけだった。理沙子はそちらのほうには、目をむけないようにした。ひとりぼっちでマンションを買う女が、なんだか鏡を見ているようで、切なくてしかたなかったのだ。

せっかくの土曜日なのだ。契約書へのサインは、ひどく肩のこる作業である。このあとは、近くでなにかおいしいものでもたべていこう。

三十分後、理沙子は新宿駅の南口にもどっていた。風はまだすこし冷たいが、日ざしはあたたかだった。東京でも二週間ほどまえにソメイヨシノが散って、街のあちこちで若葉が萌《も》えだしている。理沙子はこの日のために新しいスプリングコートをおろしていた。シャーベットカラーが流行の今年らしい、淡い春の空色のコートだ。これからしばらくは、服やバッグや靴にお金はかけられないだろう。なにせ、つい先ほど二十五年の住宅ローンを組んできたばかりである。

ひどく空腹を感じたのは銀行にいたときだけで、もうお腹のほうは治まっていた。通り沿いにあるドーナツショップで、ドーナツとカフェオレだけで簡単な昼食をすませた。なにをたべても太らないと思っていた理沙子も、三十歳をすぎて体質が変わった。なにをたべても太るうえに、なにをしても体重はなかなか減らないのだ。理沙子はそのままお目あての西新宿にあるインテリアショップまで歩くことにした。春風が気もちよく背中を押してくれる。広めの1LDKのマンションも手にはいった。定年まで今の会社で働き続ければ、自動的に住まいは自分のものになるだろう。老後の住居の心配は、これでひとまずなくなった。

ひと仕事どころか、人生の半分に決着をつけた思いで、理沙子は高層ビルの谷底を元気よく歩いていった。

外資系のインテリアショップには、デザインは素晴らしいが、値段はさらに素晴らしい家具がならんでいた。悔しいけれど、いいものはそれなりに高価だ。インテリアほど、それがよくわかるものもない。引越しは来月だった。家具は今つかっているものを、運びこむつもりだ。ソファがだいぶくたびれてきたので、新しいものがほしかったが、無理をして買うほどではなかった。ソファはリビングの主役なので、妥協はできない。さして広くないマンションである。リビングはお気にいりの白木のフローリングを見せる余白が必要だった。インテリアはお気にいりのものをゆっくりと買い集めていけばいいだろう。あまりものを増やしたくはない。

主にリネンやクッションをチェックしていく。あとは洋食器やカトラリーを少々。それくらいなら、今の理沙子にも十分手が届く。最初に友人を呼ぶときくらいは、新しい器で迎えたいものだ。

そのソファを見つけたのは、フロアの隅だった。

薄暗い間接照明に赤い革のひとりがけソファがゴージャスに浮かびあがっていた。熟れた果実のように深みのある赤だ。たっぷりと詰めものがはいっていて、丸みをおびたクラシカルなデザインも、シャープでモダンなものが苦手な理沙子にはぴったりだった。となりには同じデザインで、ふたりがけ用もおいてある。

これはなんだか、いいかもしれない。

座ってみると、革の手ざわりも、腰の沈みぐあいもしっくりときた。きっとヨーロッパ製だろう。アメリカのソファはやけにやわらかで、身体が沈みすぎるのだ。テーブルにおかれたアクリルの価格表を手にとった。予想よりも二割ほど安い。デンマーク製というのも、ポイントが高い。理沙子の目がとまったのは、なにげない注意書きだった。

「同じデザインで、三人がけのご用意もございます」

ひとりがけは、ただのひとりがけ用ソファ。

三人がけは三人がけ用ソファ。

そのあいだにはさまれるように、ラブソファとある。

なぜか、ふたりがけだけが、ラブソファなのだ。

ひとりにも、三人にも愛はつかないのに、ふたりなら自動的に愛になる。赤いラブソファにひとりで座る自分を想像した。となりには人の形をした空気が座っている。

理沙子は高級なインテリアショップで立ちくらみを起こしそうになった。さっきの会議室を思いだす。あそこにはたくさんの夫婦がいた。モデルルームを見るときも、マンションを決めるときも、ローンを組むときも、みなふたりで相談したのだろう。すこしはケンカをしたかもしれない。けれど、すべてをひとり切りでこなした理沙子と、あの愛のある人たちとは違うのだ。

そのとき、理沙子は急に結婚がしたくなった。

今すぐ、誰とでもいいから、結婚したい。

それは身体を内側から焼くような強烈な願望だった。

いくら自分のマンションをもっていても、ひとりで生きていくのは、もうたくさんだった。理沙子がそんなふうに急性の結婚欠乏症に襲われるのは、実は三回目のことである。


「だからさ、結婚なんてそんなにいいものじゃないよ」

会社近くのイタリアンだった。窓越しに路上をいくランチピープルが見おろせる二階の角のテーブルは、理沙子の好きな場所だった。なぜ、サラリーマンは昼食で外にでるとき、ぺらぺらのサンダルをはいているのだろうか。みっともない。同期の谷川《たにがわ》美加《みか》が生バジルのパスタを巻いていった。

「毎日同じ顔ばかり見てると新鮮さもなくなるし、会話もエッチもすくなくなるし、外から見てるほど結婚なんて、いいものでもロマンチックなものでもないよ」

理沙子のパスタは、アラビアータだった。理沙子は辛いもの、刺激物が好きだ。

「あのね、わたしも一度そんなふうにいってみたいの。結婚なんて、たいしたものじゃないとか、エルメスのバーキンなんてただのバッグだとか。自分でもってる人だけが、気安くそういえるんだよ」

　美加が困った顔をした。その目尻《めじり》にしわができるのを見て、理沙子は愕然《がくぜん》とする。入社式でとなりに座った美加は、明るくてよく笑う子だったけれど、いくら表情を崩しても顔にしわなどできなかった。きっと自分も目尻にフォッサマグナのような深いしわが刻まれているに違いない。ぞっとしてしまう。

「それはそうだけど、でも、ほんとに結婚なんて、たいしていいものじゃないんだからね。わたしはもううんざりだよ」

　結婚七年目で、この一年半ほどセックスレスの美加がそういうのだから、きっと一理はあるのだろう。

「わかってるよ。そっちも地獄だっていいたいんでしょう。でも、すくなくともふたり用の地獄だよね。わたし、このまえ女性誌で読んだんだ」

「どういうこと？」

「女は三十五歳をすぎると、急に市場価値がなくなるんだって。実際にね、その年をすぎて結婚できるのは、数パーセントにすぎないらしい」

　女は借金の証文ではなかった。ギリシャ国債のように、一夜明けると価値が暴落なんて人をバカにした話だ。それでも三十五歳限界説は事実のようである。その年をすぎて結婚する率は、現行の消費税くらいという調査結果があったという。

「あんまりそういう数字は気にしなくてもいいんじゃない。結婚する人は四十歳でも五十歳でもするんだから。統計の数字と、ひとりひとりの人生は別だよね」

美加らしい優等生的な返事だった。

「じゃあ、きくけどあなたが重い病気になって、生き残る確率が数パーセントって医者にいわれたら、平気でいられる？」

美加がフォークを休めて、考える顔になった。

「それは絶対に無理。怖すぎる数字だよ」

「だったら、協力して。誰か、いい人いないかな。最近、美加のまわりで別れた人とか。わたしももう三十五だから、バツイチでも四十すぎでも、だいぶ年下でもいいや」

美加が吹きだしそうになった。

「なに、最後の。二十代の男となんて、だいぶお買い得じゃない」

理沙子はこれまで年下とつきあったことがなかった。頼りないし、頭が悪い気がして、あまり好きではないのだ。妥協したつもりでいったのだが、美加は年下がけっこう好みらしい。

「じゃあ、最後の条件はずしてもいいから、誰かいい人がいたら紹介して。ね、お願い」

契約成立のお礼に、美加にティラミスをおごることになった。

もちろん、理沙子は友人知人にばかり頼った訳ではなかった。

マンションの購入を見てもわかるとおり、のんびりした外見とは違って、一度動き始めるとなかなかの行動派だったのである。その週のあいだに、婚活サービス会社に申しこみをすませ、つぎの週末のお見合いパーティにぎりぎりですべりこんだ。

会場は日比谷のホテルの宴会場だった。

男女は半々で、あわせて百五十人はいるだろうか。これだけの数のコンカツ中の人間が集まると、どこか生ぐさい空気になるなと豪華なボールルームを眺めながら、理沙子は思った。壁際にはずらりと椅子がならべられている。造りはやや高級だが、折りたたみ式だった。そこに春の盛装で着飾った女たちが座っている。理沙子より年上の人も、遥《はる》かに年下の人もいた。

「男性ゲストのみなさん、準備はよろしいですか」

テレビで顔を見たことがあるフリーの女性アナウンサーが、張りのある声をあげた。

「もち時間はおひとりあたり五分間です。そのあいだにしっかりとご自身をアピールなさって、お相手のかたの情報を集めてください。男性は勇気をもって話しかけましょう。女性はやさしいお返事をお願いいたします。では、マッチングタイム、スタート」

メンデルスゾーンの結婚行進曲のジャズアレンジが、軽やかに会場に流れだした。男たちが女性の座る椅子の前に行列をつくる。長い列のところは若い美人で、短いところは容姿にあまり関係なく年長の女性が多かった。理沙子のまえには三人がならんだ。平均的な数字なのが、ちょっと悔しい。

「こんにちは、初めまして、わたし、山岡誠司《やまおかせいじ》ともうします」

相手を観察する時間さえなかった。男の紺のスーツの胸には丸いバッジがついている。三十八番　セイジ。わたされたバッジはみなファーストネームしかついていなかった。理沙子は四十二番　リサコだ。

「理沙子さんは働いているんですか」

「はい。精密機器のメーカーで働いています」

誠司はうなずいて、手元のメモになにか書いた。

「正社員、それとも派遣ですか」

「正社員です」

またなにか書いた。うつむくと生え際のあたりにちらほら白いものが見える。若白髪だろうか。男は理沙子の年収もしりたいようだが、さすがにそこまでは質問してこない。方向を変えてきた。

「ご出身は？」

「東京の文京区です」

「今はご両親とお住まいですか、それともおひとりで？」

「世田谷《せたがや》でひとり暮らしをしています」

「それは賃貸ですか、もち家ですか」

これはいったいなんなのだろう。身上調査あるいは国勢調査？　男はつぎつぎと質問しては、マルバツをつけているようだった。理沙子は胸を張った。

「もち家です。つい最近、マンションを購入しました」

男はため息をついた。

「はあ、そうですか。もち家なんですね。仮に結婚した場合、相手の男性の家に住むつもりはありますか」

そんなこと相手の男によりけりだろう。第一、むこうの両親がいっしょかどうかわからない。

「おつきあいしてみなければ、なんとも」

男は腕時計にちらりと目をやった。ようやく髪型に気づいた。七三の横わけだ。髪は脂っ気がなくぱさぱさしている。

「もう前半の三分がすぎてしまいました。理沙子さんの話ばかりききましたから、まとめてわたしの情報をお話ししておきます。わたしは静岡県三島市の生まれで、現在三十八歳、横浜の国立大学の経済学部を卒業しています。新卒採用で大手証券会社にはいり、そこで十年勤めてから、同業の外資系に移りました。現在の仕事は企業年金の運用です。年収はくわしくいえませんが、同世代の平均の二倍はあると思います。目黒区で賃貸マンションに住んでいて、趣味はゴルフと映画鑑賞。夢はリタイアしたら、ハワイに移住して、毎日ゴルフをすることです。理沙子さん、ゴルフはなさいますか」

「したことがありません」

「そうですか、ゴルフはいいですよ。健康にいいし、朝一番のフェアウェイを歩くのは、気分がいいものです。いつかゴルフ、ごいっしょしましょう」

四角い顔をした七三わけの男が、なんとか笑顔をつくった。不器用な人なのだろう。銃をつきつけられて、笑わなければ撃つと脅された男の笑顔のようだ。そのとき、からんからんとチャイムが鳴った。男が席を立って、つぎの男がやってくる。理沙子はその瞬間に証券マンのことを忘れてしまった。顔がまったく思いだせなくなる。二番目の男がいった。

「初めまして、河合浩太郎《かわいこうたろう》です。理沙子さんは、お仕事はしていますか」

理沙子がうなずくと、二番目の灰色のスーツの男がいった。

「正社員、それとも派遣ですか」

正社員だというと、この男も手元のメモになにかをチェックし始めた。

ひとりぼっちの帰り道、理沙子はつくづく空《むな》しくなった。

残りの一生をすごす相手を探しにいったというより、果てしないマルバツゲームにつきあわされた気分だった。やってくる男は、誰もが仕事をしているか、正社員かどうかをしりたがった。もち家か、賃貸かをしりたがった。ペットを飼っているか、自分の親との同居は可能かしりたがった。理沙子はうんざりして途中から、機械的にこたえるだけになった。

マッチングタイムのあとに少々の休息をはさむと、告白タイムだった。七人話をした男たちのうちふたりから、理沙子は指名された。最初の証券マンと五番目の公務員だ。理沙子は誰ともマッチしなかった。当然だ。結局、誰の番号も書けずに指名カードを提出していたのだ。

この年までひとりで生きてきたので、男たちが条件や数字をしりたい気もちはよくわかった。あたえられた時間は五分間。なるべく条件のあう相手を探すために、質問攻めをするのがきっと一番効率的な方法なのだろう。七人の男たちは誰もが同じ質問を繰りだしてきた。けれど、人間は条件や数字ではないだろう。もうすこし人柄やセンスを感じさせるキャッチボールがあってもいいはずだ。

その夜、理沙子は荒れた。

風呂《ふろ》あがりにアルゼンチン産のよく冷やした白ワインを一本空けてしまった。テレビではもう何度も見ている海外ドラマが流れている。あんなふうな気がきいた会話ができる男は、なぜ自分のまわりにいないのだろうか。理沙子は昼間目撃したマルバツ好きな男たちに、まとめておおきなバツをつけた。


「いいのが、いたよ」

今度はランチタイムの蕎麦屋《そばや》だった。量はすくないけれど、手打ちでしっかりした蕎麦をだすニューウェーブの店だ。なぜか、こうした蕎麦屋ではジャズのピアノトリオがかかっていることが多かった。内装は和風というより、北欧風だ。美加はひどくのり気である。

「うちのダンナの友達なんだけど、ルックスは悪くない人なんだ」

理沙子は柚子《ゆず》の香りを吸いこんだ。薄切りの柚子が円形に五枚、熱々の汁のうえに透明に浮かんでいる。この店の名物、柚子蕎麦である。七味を三振りすると完璧《かんぺき》だ。

前日の経験から、理沙子は臆病《おくびょう》になっていた。もうマルバツゲームはたくさんだ。

「そう、その人、いくつ」

「うちのと同じ年だから、三十七。バツなし、次男、一部上場企業の正社員」

美加もマルバツが好きなようだった。

「そうなんだ」

「どうしたの、理沙子。先週とはぜんぜんテンションが違うじゃない」

失敗したお見合いパーティについて、説明するのも面倒だった。

「まあ、いろいろとあって」

「今度の日曜日、顔あわせのランチするからね」

蕎麦の味が一瞬わからなくなった。

「そんな、こっちにも心の準備というものが……」

美加が豪快にとろろ蕎麦をすするといった。

「だいじょうぶ、うちの夫婦も同席して、盛りあげるから」

はあとため息をつく代わりに、理沙子は蕎麦をひと口たべた。こんなときでも柚子の香りの蕎麦はひどくうまかった。

四月のなかばすぎは、服装を決めるにはむずかしい季節だった。

春とはいえ、まだ朝夕は肌寒い。夜の風などときに身震いするほど冷たいことがある。当然、春の新作を着たいところだけれど、どれも生地が薄手なのが困ったところだった。理沙子はあれこれと悩んだすえ、やはり見栄えを優先することにした。透ける素材を重ねた淡い花柄のプリントのワンピースに、ショート丈のコートを羽織る。もし日が沈んで寒くなったら、さっさと退散することにしよう。

美加が指定してきたのは、お台場のカフェレストランだった。ウッドデッキには、白い花のようにパラソルが規則ただしくならんでいた。理沙子が約束の十一時に到着したときには、美加と夫の昌俊《まさとし》、それに初対面の男性がそろっていた。

「初めまして、上尾理沙子です」

軽く一礼すると、男性はひざからナプキンを落としながら、あわてて立ちあがった。こういう場面に慣れていないらしい。真新しい紺のブレザーに、綿のチノパンツ、ブレザーのしたのTシャツの首がすこし伸びているのが惜しい。胸のプリントはアメコミのヒーロー？　顔はまあまあ整っていて、見ていて不快ということはなかった。背は理沙子より十センチは高い。

「長谷川《はせがわ》直記《なおき》です。よろしくお願いします」

理沙子よりずっと深く頭をさげた。

「ふたりとも、いいから、座って」

美加がそういって、昌俊に目でサインを送った。ひどくなかがよさそうな夫婦に見える。このふたりが一年半セックスレスなんて信じられなかった。昌俊がいった。

「直記は大学時代の友達で、コイズミ製薬の研究所で働いてる。これでもなかなか実験の腕はいいらしい。今はなにやってんだっけ、理系の肉体労働なんだよな」

「新薬開発のした働きをしています。何百とある薬の成分の配合を変えて、どれが一番効果的か調べています」

声はちいさくて、高かった。理沙子の好きな声ではない。

「薬の効果を調べるって、なにか動物につかうんですか」

「はい、うちの研究班だけでも年に何千匹となくマウスの命を消費しています。マウスのほかにブタやサルなんかも。一番ヒトに近いのはサルなので、最後はサルをつかうんですが、あれは高価なので世話にも気をつかいます。ぼくの仕事は動物の飼育係と薬の研究が半々です」

理沙子は目を丸くした。それなら、この人は毎日実験でマウスを殺しているのだ。

美加があわててさえぎった。

「そういう深い話はあとにまわして」

直記は研究者らしく、頑固だった。

「いや、先に話しておいたほうがいい。みんながなにげなくつかっている薬は、どれも何万というほかの生きものの命を代償にして開発されたものなんだ。それはしっておいたほうがいいことのひとつだと思う」

「直記は理屈っぽすぎるから、女子に嫌わ……いや、敬遠されるんだよ。それくらいにしておけ」

昌俊はそういったが、変わっているけどおもしろいと理沙子は思った。四人はパスタにサラダとデザートがついた休日のランチセットを注文した。東京湾の潮風のなかでたべるアンチョビの塩味がきいたパスタはおいしかった。風がすこし強くて前髪が気になったが、理沙子はなるべく押さえないようにした。始終自分の髪型を気にするような女と見られるのは好きではない。

ほかにどんな変わった発言をするのだろうと理沙子は期待したが、直記は最初に話して以降、ほとんど口をきかなくなった。緊張しているのだろうか。黙々とパスタとサラダを片づけ、パンとオリーブオイルをお代わりした。

直記をのぞく三人のあいだでは、会話は自然に盛りあがった。といってもよく話すのは、会社のランチタイムと同じように美加と理沙子のふたりである。九十分がまたたくまにすぎて、いきなり美加がいった。

「もうお守りはいいよね。わたしたち、買いものがあるから、もういくね」

その言葉を合図に昌俊も立ちあがった。伝票を直記のほうに押しやる。

「約束どおり、この店はおまえのおごりで。あとはよろしく」

「そんな……ちょっと待って」

理沙子はそういったが、美加は笑って相手にしなかった。

「じゃあ、あとはお若い人同士で、うまくやって」

友人夫婦はさっさとウッドデッキを歩いていった。さて、この無口な男とどうしたらいいのだろうか。直記が顔をこわばらせていった。

「ぼくたちも帰りましょう。もうしわけないけど、ぼくは女性とふたりきりでいると呼吸困難になるんです。男子校から、女子学生のいない理系にすすんで、会社のラボも男ばかりで。デートなんてなにを着ていいかわからないから、このブレザーも昌俊に選んでもらいました」

確かに酸欠の鯉のように、口をぱくぱくさせている。緊張のあまり息がくるしそうだ。理沙子はあきれていたが、同時におかしくもあった。

「あと、どれくらい酸素がもちそうですか」

「二、三分くらいなら」

理沙子はショルダーバッグから、携帯電話を抜いた。

「それだけあれば、メールアドレスの交換くらいできますよね」

直記の顔がぱっと明るくなった。ブレザーの内ポケットからだしたのは、最新型のスマートフォンである。理沙子は赤外線通信の画面を呼びだした。

「長谷川さんのは赤外線とかついてますか」

「いや、赤外線もブルートゥースもありません。アドレスと番号を読みあげてくれたら、ぼくが入力します」

理沙子は自分のアドレスとナンバーを読んだ。不慣れなのでつい早口になってしまったが、直記の指はタッチディスプレイのうえでは腕利きピアニストのようだった。一度も間違えることなく、入力をすませてしまう。

「これでだいじょうぶ。今、空メールを送ります」

直記が送信してから、数秒の間があいた。理沙子は真剣な顔で画面をにらむ直記から、レインボーブリッジに目をやった。春の穏やかな海のうえに白いつり橋が優雅に反って浮かんでいる。きっとあの橋を支えるワイヤー一本一本も、直記のような理系の人が強度や構造を計算して設計しているのだろう。

メールの着信音が鳴った。空メールだと思っていたが、きちんと題名がついている。

「初メールです。今日はどうもありがとう」

悪くないセンスではないか。理沙子がもうすこし話そうとしたところで、直記がいった。

「もう三分です。帰りましょう」

伝票をもって立ちあがった直記のあとを、しかたなくついていった。レジで財布をだそうとすると、男がいった。

「ラボの仕事はやたらいそがしくて、お金をつかうひまがないんです。今日は昌俊とも約束したので、ぼくのおごりです」

支払いをすませると、さっさと建物をでて、駅にむかっていく。日曜日の昼すぎに本気で解散するつもりなのだろうか。よく見ると、直記のブレザーのセンターベントには、仕つけ糸が白いZ型に残っている。服装に興味がないのは、ほんとうらしい。

改札で、直記はいった。

「じゃあ、今日はこれで。すごくたのしかったので、ぜひ、つぎも会ってください」

「直記さんは、これからどうするの」

「ぼくはちょっと秋葉原に寄って、足りないパーツを探して帰ります。今、新しいパソコンを組んでいるところなので」

やけにたのしそうな笑顔で三十七歳の男がそういった。初対面の女とデートするより、秋葉原のパーツショップなのか。理沙子は自分の魅力に自信がもてなくなりそうだった。

「そうなんだ。わかりました。じゃあ、つぎがあったら、つぎの機会にね」

その日、理沙子は猛烈にもやもやして、銀座のデパートで必要のないランチョンマットを四枚と新しいパジャマを買ってしまった。なんというムダづかいだろう。

あの無神経な男には困ったものだ。

直記はそれから朝八時半と夜十時半きっかりに、メールを送ってくるようになった。日々のスケジュールの報告が主になった格段おもしろくも、ロマンチックでもないメールだったが、それでも理沙子の毎日をほのかに彩ってくれた。理沙子も相手にあわせて、あまり熱のこもらないメールを送り返している。直記は晩生《おくて》なので、あまり強くプッシュしたりすれば、すぐに逃げていくだろう。もっとも理沙子のほうでも、それほど熱烈に直記とつきあいたいというほどの強い気もちはなかった。

それには、理沙子の三回目の結婚欠乏症の波が収まってしまったせいもあった。形だけでもつきあっている男性がいる。それだけでうやむやになるのだから、自分は結婚がしたかったのではなく、つきあう男がほしかったのかもしれない。一日の出来事をおたがいに報告しあい、仕事の愚痴をいって、つぎの日も必ずまたメールをしてくれるとくにイケメンでも、金もちでも、女にもてるわけでもない普通の男。そんな相手がずっとほしかったのだ。

気がつけば、デートの約束を果たすことなく、二週間がすぎていた。

ゴールデンウィークが近づいて、街もどこか軽やかに浮かれだす季節だった。もう夜になっても風はやわらかなままで、肌を刺すことはなくなっている。理沙子は春の夜、薄着をして見しらぬ街を散歩するのが好きだった。いつか直記とでたらめに選んだ街を夜歩くのもいいかもしれない。

そんなふうに思っていたとき、いきなり直記のメールがこなくなった。最初は仕事がいそがしいのだろうと気にもかけていなかったのだが、それも三日がすぎると気が気ではなくなった。誰か自分よりずっと若くて、マンションなど自分では決して買わない女とつきあい始めたのではないか。仕事中にラボで爆発でもあって、巻きこまれたのではないか。実験用のマウスから謎の伝染病をうつされ隔離されているのではないか。悪い想像ばかり浮かんでくる。

直記と音信不通になって、五日目。

そのメールが金曜日の夜十時半に届いたとき、理沙子は携帯電話を胸に抱いて、リビングで小躍りした。実験の山場がきていて、この数日ほとんど寝ていない。この一週間で自宅にもどったのは二回だけ。下着も二日に一回しか替えられなかった。これから部屋に帰ってぶっ倒れるというメールだった。

理沙子はすぐに返事を打った。

今から十二時間寝たら、夕方デートしよう。場所はどこでもいい。というより、直記が好きな秋葉原を案内してもらいたい。なにかおいしいものでもたべて、仕事の山場を越えたお祝いをしましょう。

もう眠りに落ちてしまっただろうか。そう思って、どきどきしながら待っていると、すぐに返事がもどってきた。

秋葉原デート、了解。たのしみにしています。おやすみ、理沙子さん。

理沙子はディスプレイを見て、歓声をあげた。ずっと上尾さんと直記は苗字《みょうじ》で呼びかけてきたのだ。たとえメールのなかだけでも、したの名で呼ばれたのは初めてだったのである。まったく理系のオタクの晩生男という生きものは！


待ちあわせ場所は、灯ともしごろの万世橋《まんせいばし》だった。

直記は秋葉原の駅まえはあまりに人が多すぎて苦手だという。理沙子は完璧《かんぺき》を期していた。普段の倍の時間をかけて化粧して、春の新作をおろした。今年は白のレースがきているので、そのノースリーブのドレスだ。襟元のえぐりは秋葉原界隈《かいわい》ではめずらしいほど、深く色っぽかった。靴はミュウミュウの新作ハイヒールで、かかとには一列にクリスタルのビジューが飾ってある。

直記は着古したレザーのライダースだった。この人はへんにおしゃれするより、こういうカジュアルなものが似あうようだ。挨拶《あいさつ》もそこそこに直記がいった。

「この橋から見えるJRの高架線と神田川の交差が好きなんだ。ほら、中央通りのほうはすごくにぎやかだけど、ここはちょっと淋《さび》しい感じでしょう」

川面《かわも》に夕空が映って、淡いグレイッシュピンクに揺れていた。高架のうえをアルミ製の総武線《そうぶ》がすぎていく。直記が指さした先を見ると、大通りの両側に大型電気店が渓谷のようにそびえて、まばゆいネオンで谷底をカラフルに照らしていた。

「さあ、いこうか。普通ではちょっと見られないディープな秋葉原を見せてあげる」

歩き始めてすぐに気がついた。ハイヒールがすこしきついようで、かかとと親指のつけ根が痛むのだ。せっかくの初デートである。直記は自分のホームグラウンドで生きいきと、謎めいた電子パーツや怪しげなソフトを紹介してくれる。

駅のわきにある焼け跡に建てたバラックのような店では、盗撮用の小型カメラや盗聴器がひと山いくらで売られていた。そうした店の奥にいくと、ハリウッドだけでなく韓国や中国の映画やドラマの違法コピーが、冗談のような値段で投げ売りされている。外国人もたくさんいて、片言の日本語や英語で朝市のようなにぎわいだった。

直記はよくしゃべり、理沙子はよく笑った。それは理想的な初デートだった。


けれど、いいことと悪いことは必ず同時にやってくる。

二十分ほど歩いたところで、理沙子はもう足の痛みに耐えられなくなった。

「ごめんね、直記さん。わたし、ちょっと……」

このあたりに靴屋はないだろうか。フラットソールのパンプスでも買わなければ、もう足がもたないだろう。直記が心配そうにいった。

「ずっと足が痛かったんだよね。だいじょうぶ？　おんぶしてあげようか」

外神田の路地裏だった。中古ソフト店から理沙子の好みではないアニソンが大音量で流れている。そういえばと、理沙子は思った。直記はずっと車道の側を、隠しながら足を軽くひきずる理沙子とずっと同じ歩調で歩いてくれたのだ。

この人はこちらが恐縮しないように、あたりまえのようにゆっくりと、となりでエスコートしてくれた。

理沙子はそれに気づいたとき、涙がでそうになった。

わたし、この人が好きだ。

そんなふうに素直に思えたのは、もう十年近くなかった気がする。人を好きになるのは、素晴らしい気分だった。相手がもっている数字や条件を、何百となく積みあげても、決してこんな素敵な気もちにはなれないだろう。

秋葉原の裏通りは暗かった。沸騰するように湧きだした涙は、直記に見られていないはずだ。理沙子は顔をあげるといった。

「この近くにデパートあるかな」

「うん、上野まで歩いて十分くらいだけど、タクシーのほうがいいよね」

理沙子は表通りにもどりながら、わざと足をふらつかせた。

「だいじょうぶ？」

直記が手をとってくれる。意外とやわらかな指先にはっとする。計算通りだ。今夜はこのあと、どうやってこの人と終電がなくなるまですごそうか。理沙子は三十五歳独身だけれど、それなりに魅力のある大人の女性である。好きな男といっしょに朝を迎えるための手なら、実戦で鍛えた確実な方法を三通り身につけていた。

それこそ今を生きる三十代女性のたしなみというものだ。

理沙子はあまり積極的にとられないように直記の手を引き、ネオンサインが昼間のように明るい通りで、高々と右手をあげた。

真夜中の一秒後

（どうしてこんな夜に打ちあげなんだろう）

長嶺麻希子《ながみねまきこ》は心のなかでいらいらしながら腕時計を見た。オーストラリアロケにいったとき、空港の免税店で買ったブルガリ・レッタンゴロは真夜中まであと三十分をさしている。となりに座る宣伝部の係長、石川紘輝《いしかわひろき》がいった。

「今回のパンフレットの表紙は傑作だったな。あれほど時間がないなか、よく撮ってくれたよ」

青山の裏通りにある隠れ家的なバーだった。デザイン会社の社長、佐々木始《ささきはじめ》のいきつけだという。すこし目じりのこじわが目立ち始めたと感じる麻希子には、ありがたい暗さの店だった。近づければ顔が映りそうなピアノフィニッシュのカウンターがL字型にひとつ。あとは黒革のソファ席がふたつだけの手ごろなおおきさの箱だ。

「そうですね。うちにでいりしている若手の自動車評論家が、八時間で東京と神戸を往復したんですよ。深夜の二時に首都高にのって、朝焼けのポートピアを背景に撮影してきました。朝の十時には東京ですからね。平均時速で百六十キロくらいだしたんじゃないかな」

たよりない同期、小暮貴之《こぐれたかゆき》が口をはさんだ。

「おかげであの広報車、エンジンが焼きついて、のせ換えになりましたけどね」

係長がいった。

「まあ、いいじゃないか。そっちのほうは整備工場に送ってしまえば、コストともいえないコストなんだから」

さすがに係長だった。自動車メーカーに勤めていれば、エンジン一台の原価くらいはしっている。今回の販売店むけのプロモーション予算からみたら、それは微々たるものだった。石川はバツイチだが、将来の部長候補と目される切れ者だ。しかも、まだ三十三歳で若いころのリチャード・ギアに似ている。

(わたしの運命の相手は、この人なんだろうか)

麻希子は顔だけにこにこ笑った振りをして、ウォッカトニックをのみながら考えていた。麻希子にとって十一月一日の最初の一秒は、決定的に重要な意味をもっていたのだ。

それこそ、人生を左右する境目である。その夜を、いつもの仕事仲間とすごさなければならないなんて。麻希子は心のなかでため息をついて、五年まえの旅行を思いだしていた。

あれは新卒で就職した二十三歳の夏休みである。

大学時代の友人三人といっしょに、麻希子は香港《ホンコン》旅行にでかけた。ガイドが連れていってくれた観光地のなかに、おおきな寺院があった。

コンクリートの本殿のまえでは現地の人々が、たくさんひざをついて中国式の礼拝をしていた。写真を撮っている麻希子たちにガイドがもってきたのは、一・五リットルのペットボトルほどの木製の古びた筒だった。

日本の女性に人気がある占いなんですが、やってみませんか。

方法をきくと、今しりたいことを真剣に考えながら筒を振り、でてきた木の棒に書かれた数字をもって、占い師のところにいけばいいという。

就職も第一志望に決まったし、麻希子にとって人生のつぎの、そして決定的に重要な関門は結婚だった。麻希子は赤い布にひざをついて願った。

(わたしの結婚相手は、どんな人なんでしょうか。教えてください)

からからと筒を振ると、ちいさな穴から突きでた棒の先には26番の数字があった。それぞれの数字をもった四人は、同じ寺の境内にある占い師の館《やかた》へむかった。

さすがに大陸で、日本の占いとはスケールが違っていた。そこは占いの市場かショッピングセンターのようだった。長い廊下の左右にちいさなブースがびっしりとならんでいる。しかも、建物は上下に分かれた造りなので、占い師はこの寺だけで百人を超える数になるのではないだろうか。ガイドが案内してくれたのは、日本語がつうじるおばあちゃんのところだった。

ガラス戸を開けると、正面には古い木製の机。そこに首からヒスイのネックレスをさげた占い師が無表情に座っていた。四方の壁を埋めているのは、なぜかハワイの観光ポスターである。

「はい、こんにちは。数字とあなたの生年月日を教えてくださいね」

麻希子が番号をこたえると、占い師は壁際の小引きだしからピンク色の紙を一枚抜きだした。

「それであなたがしりたいことは」

うしろを見た。ガイドと友人は廊下のむこうで待っている。親友の比呂《ひろ》がこちらに手を振った。手を振り返して、麻希子はいった。

「わたしはいつ、どんな人と結婚するんでしょうか、わたしは幸せになれますか」

占い師は何度かうなずいて、手元の紙になにか書いていた。

「そのまえにね、あなたは一生の仕事が見つかったようだね。おめでとう。その仕事を大切にしなさい。あなたにはむいているし、人なみ以上の成功が得られます」

父親ゆずりで自動車の好きだった麻希子にとって、メーカーの宣伝部は望みの就職先だった。ずばりといいあてられ、胸が躍ってしまう。さらに占い師はことともなくいった。

「あなた、真剣につきあった人はふたりだね」

派手な格好をした老女は、うわ目づかいでちらりとこちらを見た。交際したのは高校と大学でひとりずつ。大学時代のボーイフレンドは、就職して環境が変わるといつのまにか離れていった。

「結婚するまでにもうひとりとつきあうけどね。あなたもけっこう気が多いから」

ぐさりと言葉が刺さったが、あたっているので無視することにした。

「じゃあ、つぎにつきあう人とは結婚しないんだ」

「そういうことになるね。そうなるのは、さらにそのつぎの人ですよ」

麻希子は傷だらけの机に身体をのりだした。

「その人はどういう人」

占い師はにこりと笑った。

「あなたにとってはいい人。でも、細かなことはいわぬが花ですよ」

「でも、そこのところをもうひとつ教えて、ねえ、おばあちゃん」

麻希子は両手をあわせて、占い師をおがんだ。なにか紙に書き散らすと、老女はまじめな顔をしていった。

「二十八歳の十一月一日」

「えっ」

まったく意味がわからなかった。

「その日、最初に会った人とあなた結婚するよ」

「それって、真夜中の一秒すぎっていう意味なの」

ヒスイの首輪にさわって、おばあちゃんがうなずいた。

「そういうことになるのかね。で、あなたはその人と幸せになる」


それが五年まえのことである。

たかが占いだといえばそのとおりだった。確か見料は五千円くらいだったはずだ。だが、あの老女のいったことのうち、ふたつは正確にあたっていた。麻希子は腕時計を見た。真夜中まであと二十分。胸をときめかすなというほうが無理だった。

麻希子を中央にして、L字型のカウンターの角には四人の男性がいる。切れ者の係長、石川紘輝はバツイチの三十三歳。二十八の麻希子のいつつうえだから、年齢的にはちょうどいいかもしれない。つぎは同期の小暮貴之。同じ年の二十八歳だが、ぼんやりしていて、今ひとつ仕事でも男ぶりでも冴《さ》えたところがなかった。こちらはちょっとカンベンしてもらいたいものだ。

その場の年したはひとりだけだった。桂英太郎《かつらえいたろう》は宣伝部唯一の茶髪だ。いまだに大学時代のサークル活動のノリで仕事をしている二十五歳である。企業人というよりストリート系だが、一生懸命でかわいいところがあった。若い女子社員のあいだで人気なのは、英太郎が部品メーカーの重役の息子のせいもある。ただの部品メーカーといって侮ることはできない。ネクストテックは売上高一兆円に迫る優良企業である。最後に南青山でデザイン会社を経営する佐々木始だった。こちらもバツイチの三十八歳。麻希子とは十歳違いだが、年うえ好きなので、それくらいの年齢差は問題にならなかった。

(この四人のなかの誰かと、わたしは結婚するのかな)

現在のところ、特定のひとりに好意をもっているわけではなかった。それぞれ悪い人ではないが、まだ男性としての側面をよくしらないのだ。困ったことだが、あの占い師の言葉を思いだすと胸の鼓動が速くなってしまう。

(その日、最初に会った人とあなた結婚するよ……で、あなたは幸せになる)

ぼんやりしていると小暮がなにか話しかけてきた。

「長嶺さんはそれについては、どう思っているの」

「えっ」

麻希子は話をまったくきいていなかった。この状態で平静に周囲の会話に耳を立てられる女性がいるだろうか。

「だから、結婚についてだよ。石川係長と佐々木さんは、結婚は墓場で戦場だっていうんだ。どっちが墓場でしたっけ」

石川は淡いグレイの上着を脱いで、ネクタイを緩めていた。深い艶《つや》のあるパープルのタイだ。

「ぼくのほうが静かな墓場だよ。うちは激しくぶつかりあうこともなく、淡々とした感じで終わったから。おたがいに自分のことばかり考えていたのかもしれない。仕事が中心だったしね。ふたりでいっしょにいても、これ以上のメリットはない。そう冷静に考えて別れたっていう印象かな。冷たい雨がふる十一月の墓場だよ。花は枯れ、葉は落ち、人はいない。冷たい雨がふるばかり」

ふざけた詩の朗読のようなテンポに、全員が笑い声をあげた。佐々木はちょい不良《ワル》おやじらしく、三十万円はするダンヒルのレザージャケットの袖《そで》をまくっていた。

「こっちは戦場でした。やっぱり結婚も離婚も人それぞれですよ。うちは逆に熱かったから。まえの女房がひどく嫉妬《しっと》深くてね。すごいチェック魔だったんです。メールは見る、着信は調べる、女性名の番号には電話する」

桂英太郎があきれて口をはさんだ。

「いきなりですか」

「そうだよ。佐々木の妻ですがって、夜中でもなんでもおかまいなし」

「別れて正解でしたね」

佐々木は頭に手をやった。すこし額が広くなっているが、外国の俳優のようないい感じの薄くなりかただった。

「いやあ、お決まりの浮気もあったんで、むこうの心配にも理由はあったんだけど。ねえ、石川さん、男って浮気するもんでしょう」

係長はスコッチのオンザロックを口に運んでいった。

「そこはノーコメントでお願いします」

佐々木は残るふたりにいった。

「するよなあ、桂くんも小暮くんも」

桂は勢いよく返事をした。こちらはストライプのシャツの胸を第二ボタンまで開いていた。夜の早い時間にネクタイは抜いてしまっている。

「もちろん、します。だって、そいつは本能だから。なるべく広く種を蒔《ま》くようにって、男性の遺伝子のなかに刻まれているんです」

「それはちょっと違うんじゃないか」

小暮はまだ上着を脱いでいなかった。ネクタイの結び目もしっかりしている。どちらもあまり個性の感じられないネイビーの同系色だ。

「確かに動物なら、そのとおりかもしれない。だけど、人間は自然のままでは満足できずに、あれこれと科学や文化をつくってきましたよね。自動車とか一夫一婦制とか」

石川がちらりと小暮に目をやった。いっしょに仕事をしている麻希子には、この係長が小暮をなにかを判断するときの基準にしているのがわかっていた。会議などで迷ったとき、よく小暮の意見を求めるのである。平凡だけれど、中道でぶれがないのが参考になるのかもしれない。係長がいった。

「人間と動物のあいだで引き裂かれている。それがぼくたちの苦しさかもしれない。ふだんは人間として安定した結婚生活を送り……」

石川がにやりと笑うと、男たちはみなうなずいた。麻希子は意思表示はしなかったが、その気もちはよくわかった。短かったけれど、不倫をしたこともある。女も二十八歳なのだ。それくらいの経験はあった。

「……ときどき動物に落っこちる。結婚ってそういうものかもしれない」

佐々木がしみじみといった。

「でも、落っこちるのがでたらめにたのしいんだよな。男と女って」

今度まき起こったのは笑い声である。麻希子も遠慮せずに笑ってしまった。予期せぬとき恋に落ちるあの感覚。加速度をつけて誰かに惹《ひ》かれていく目が覚めるようなよろこび。確かにあれは避けようがないものだ。あわてて腕時計を確認する。

（決定的な真夜中の一秒後まで、あと十分）

その瞬間を境に、自分はあの不思議なよろこびのなかに落ちていくのだろうか。麻希子のなかには期待と同じだけの恐怖があった。

男たちは麻希子を無視して、勝手に女性の品定めをしていた。きっとセクハラなのだろうが、自動車会社は男社会だ。この程度のことで目くじらを立てるまでもない。それよりも、麻希子の頭のなかの混乱のほうが困りものだった。十一月一日、月替わりの最初の一秒に会う相手というけれど、そのとき誰ともいっしょでなければ、自分は一生結婚しないのだろうか。あるいはこの店をすぐにでた場合、夜道ですれ違った見ずしらずの人が相手になるのだろうか。もしかしたら、最初に見る男性がのりこんだタクシーの運転手になる可能性だってある。

麻希子は腕時計をさらに確認した。真夜中まで、あと三分。あれこれと考えているうちに貴重な七分間を浪費してしまった。火のついた導火線を手に爆弾をもてあそんでいるような気分だった。たのしみというより、だんだん怖くなってくる。

でも、運命がすでに決まっているとしたらどうだろう。

どちらにしても、真夜中の一秒後に出会った男性と結婚するというのなら、すくなくともここにいる四人のなかから自分の好みで自由に選べるのではないだろうか。切れ者で出世頭の係長。冴えないけれど、誠実そうな同期。大企業の重役の御曹司。さらに羽振りのいいデザイン会社社長。誰を選ぶにしても、そう悪くはない選択に思える。

「さっきから、長嶺さん、ずいぶん時計を気にしてるね。今夜これから、なにか約束でもあるの」

同期の小暮がおかしな顔でたずねてきた。そういわれて、さらに腕時計を見てしまう。残りはあと九十秒だ。バースツールのうえでじっとしていられなくなった麻希子は、質問にこたえずに立ちあがった。

「ちょっとお手洗いにいってきます」

いくら悪くはない相手でも、一生をともにすごすパートナーをそう簡単に決められるわけがなかった。麻希子はそのとき自分の意思でできる数すくない行動を選んだのである。

運命を決定するのが怖くて、その場を逃げだしたのだ。


L字型のカウンターの奥には細い通路があり、壁は鏡張りになっていた。その右手に黒いドアがある。内部は黒のタイル張りで、静かにフォービートのジャズが満ちていた。麻希子は個室にはいって、ようやくひと息ついた。洗面台の鏡のなかのもう若すぎるとはいえない女の顔を見る。運命はわからないから、素晴らしいのだ。腕時計を目の高さにあげた。

（あと五十秒）

このまま時間を潰《つぶ》してしまうことにしよう。深呼吸をして、滑るようにすすむ秒針を見つめた。あの占い師の予言のようにではなく、やはり自分の力で結婚相手を探すのだ。髪を直し、白いシャツブラウスの襟をもう一度立て直す。真夜中になっても化粧はそれほど崩れていなかった。口紅だけ引けば十分だろう。

（あと十五秒）

麻希子はポーチから、今年の新作のルージュをだして、ゆっくりと紅をさした。うわ唇が薄いのが悩みなので、一ミリ半ほどはみだして塗る。運命までの最後の時間は、カウントダウンになった。

（5、4、3、2、1、0……）

もう真夜中もすぎた。自分はまだひとりきりだ。なにも変化はなかった。安心感が全身にしみじみと広がっていく。ゆとりをもってさらに三十秒、鏡のまえで呼吸を整えた。ドアノブを押して、通路にでる。

（今日からは、またいつものわたしにもどるのだ）

そのとき正面の鏡に、男がふたり映っているのが目に飛びこんできた。同期の小暮と社長の佐々木である。鏡のなかの男の声がそろった。

「遅かったね」

麻希子はしびれて立ち尽くしていた。振りむくと、カウンターの端に小暮と佐々木がもたれている。あわてて同期にいった。

「今、何時だか、正確にわかる？」

小暮は左手の袖《そで》をまくった。国産の腕時計を麻希子に見せる。

「それなら、まかせておいて。佐々木さんのロレックスより、こっちのほうがずっと安いけど、ずっと正確だから。一日に二回、校正波を受信して時刻あわせをするんだ。百分の一秒と違わない」

「いいから、今何時なの」

小暮と佐々木はおかしな顔で麻希子を見た。そんなことはかまっていられない。同期はいう。

「十二時まで、あと3、2、1……ほら、十一月一日になったよ」

小暮は腕のクォーツ時計をさしだして見せる。麻希子の全身から力が抜けていった。運命は一枚うわ手だった。目のまえにはふたりの男が立っている。自分は二度結婚をするという意味なのだろうか。結婚して幸せになるのなら、離婚はしないはずだが。

「麻希子ちゃんの様子がだいじょうぶなら、ちょっとお先に」

佐々木が空になった手洗いに消えた。これまでの緊張がほぐれて、麻希子はその場にしゃがんでしまいそうだった。

「ずいぶんつらそうだね、長嶺さん、顔が真っ青だよ」

小暮はカウンターのむこうにいった。

「お水をひとつください。ちょっと、ここのスツールに座って」

同期がスツールを引き、座らせてくれた。運命の人を確かめるのが怖くて、緊張の極にあったとは当然いえない。

「ちょっと酔ったみたい。このところ仕事がいそがしかったから」

「あまり無理しないほうがいいよ」

小暮はななめむかいの係長と後輩に目をやってから、声を低くした。むこうでは男同士の話が盛りあがっているようだ。

「ひとつ伝えておきたいことがあったんだ。このまえののみ会から、佐々木さんは長嶺さんのことを狙っていたみたいだ。今日も長嶺さんが手洗いにいくと、すぐにそわそわして自分も席を立っている。ふたりきりになる時間をつくろうとしていたんだと思う。もちろん、佐々木さんはもう独身だから、恋愛は自由だよ。でも、ぼくはあまりあの社長を長嶺さんにすすめたくない」

どれも初めてきく話だった。暗いバーのなかで、となりのスツールに座る小暮の横顔を見た。よく見ると整った顔立ちである。同じ年の男は今、苦しげに目を伏せていた。

「こんなことをいうのは、ぼくの勝手かもしれないけど、長嶺さんにはそのままでいてもらいたいし、誰かのものになってもらいたくない」

胸のなかに灯がともるような言葉だった。

「それはなにか大切なことの告白っていう意味？」

小暮は顔をあげて、麻希子の目をまっすぐに見つめてくる。

「そんなこと、自分でもわからないよ。ただ佐々木さんが先に動いたから、じっとしていられなくなっただけだ。今夜、こんな形で長嶺さんに話をするなんて、まったく予想もしていなかったんだから」

まだ可能性はふたりに残されているのだろう。佐々木と小暮、自分はどちらの男と結ばれるのだろうか。

「予想ができなかったのは、わたしも同じ。真夜中の一秒後がこんな形で終わるなんて、想像もできなかった。ねえ、小暮くん」

麻希子は引き直した唇をうっすらと開いて、同期に笑いかけた。

「なんだよ」

小暮は照れたように目をそらした。

「夜は始まったばかりだから、たっぷりと小暮くんのことを教えてくれないかな。今、何時？」

腕時計を見て、小暮はいった。

「零時三分。時間になんの意味があるの」

麻希子は笑ってこたえなかった。まず小暮から話をきこう。それから、つぎは佐々木である。候補はふたりいるのだ。この同期はいい人だけれど、あっさりと決める必要もないだろう。麻希子はグラスの水をひと口のんだ。冷たい水が一本の線を身体にとおすように落ちていく。運命は始まったばかりだった。終わりはまだ見えない。そのことがうれしくて、麻希子はひとりで華やかな笑い声をあげた。

フィンガーボウル

その店は西麻布《にしあざぶ》の静かな住宅街にある一軒家だった。二週間ほどまえに、夫の浩志《ひろし》ときたフレンチレストランである。食いしん坊のあいだで有名だったという青山の店のシェフが独立して、初めてだした店という。

浩志はあれこれと講釈が多いので、千鶴子《ちづこ》ははいはいとうなずいていたが、なにも耳に残ることはなかった。きのこが八ヶ岳産だろうが、鳩がフランスから空輸されていようが関心がなかったのである。千鶴子はどんな料理やワインも、おいしいと思ってたべるか、それほどでもないとたべるかだけだった。なぜ、男たちはたべることをあれほどロジックで固めようとするのだろうか。ご馳走《ちそう》がキュークツにはならないのだろうか。

「最初はシャンパンでいいかしら」

千鶴子は目をあげて、正面に座る青年を見た。

とても緊張しているようだ。冬だがTシャツ一枚である。やせた胸にはスパンコールでおおきなドクロが縫いとられている。

「こんなに豪華なレストランなら、きちんとした格好をしてくれればよかった」

進藤剛史《しんどうたけし》は硬い表情でそういった。ジーンズにTシャツ、うえに黒のダウンジャケットを羽織った普段着でやってきたのだ。Tシャツの袖から、わずかだがタトゥがのぞいている。あれは紺色の矢だろうか。千鶴子はまだ若い男の身体を見たことはなかった。

「いいのよ、それで。ここはちょっとおしゃれだけど、特別に豪勢な店というわけじゃないから」

「でも、おれには、なんというか、贅沢《ぜいたく》すぎるというか」

剛史は二十六歳だった。ということは、千鶴子のちょうどひとまわりしたになる。大学を卒業してから、フリーターとして働いている。若く、素直で、未経験。浩志やその仲間たちのように、赤ワインがどこの葡萄園《ぶどうえん》のどんな斜面からつくられたかなどという色気のない会話をすることはない。

千鶴子はグラスシャンパンをふたつ注文した。ドリンクのメニューがさげられ、ディナーのメニューが静かにおかれる。ロングエプロンで腰を締めあげたウエイターがいってしまうと、剛史は声をさげた。

「もう緊張の限界です。最初ののみものだけでも、あがってるのに」

メニューを開き、驚きの顔をする。十二歳したの男はそんな表情がとてもかわいかった。

「なんですか、蝦夷鹿《えぞしか》って。鹿なんてたべるんですか」

千鶴子は微笑んでうなずく。

「鹿はやわらかくて、脂がすくなくて、おいしいよ。くさみもそんなにないみたい」

「すげー……このピジョノーのロティって、なんですか」

剛史にはメニューのすべてがめずらしいようだった。以前話したことがある。若い男がしっているメニューは居酒屋かファミリーレストランのフィルムでラップされたメニューだけなのだ。

「ピジョノーは鳩、ロティは忘れちゃったけど、なにかお腹に詰めこんでローストしてあったと思うんだけど。気になるなら、人を呼んできいてみるけど」

あわてて剛史は手を振った。やせて筋ばった腕である。男の筋肉質の腕が、千鶴子は好きだった。女にはない形が好もしい。その手になにかをしようとは思わないが、見ているだけでいい気分になる。

「やめてください。人なんか呼ばなくていいから」

かすかに頬を赤くしている。そんなところも、この人のかわいさだった。

「じゃあ、おれ、ピジョノーにします」

「そう、それならコースのなかでチョイスできるから、一番したのコースでいいよね」

若い男は意味がわからない顔をしている。子犬のようだ。

「それとも、アラカルトにする？　そうなると前菜とか選ばないといけないんだけど」

「コースにします」

あまりにも即座の返事がおかしくなって、千鶴子は笑った。

「おれ、そんなにおかしいですか。いい店なんかしらないし、大人の遊びだってわからないけど。やっぱり、千鶴子さんは無理なのかなあ」

「お待たせいたしました」

頭上からチューリップグラスが降ってくる。形のいいグラスのなかには淡い金色の液体が揺れていた。グラスの底からは一筋の気泡が、これ以上はない細かさで糸のようにつながっている。

「無理なことなんてないよ。剛史くんはそのままでいい。なにかを覚えるなんて、簡単なことだから」

そうなのだ。人は誰でもいつのまにか年をとり、嫌でもなにかを覚えてしまう。新鮮な驚きや張りのある肌を失って、灰のような知識を詰めこんで、なにがいいのだろうか。チューリップグラスはオーソドックスなリーデルのソムリエシリーズだった。そんなことは中身のシャンパンとはなんの関係もない。

「乾杯しましょう」

千鶴子は細いステムをつまんで、グラスをあげた。チンッと澄んだ音がする。自分の三十八歳の手と二十六歳の青年の手をくらべてしまった。なぜ年をとると肌が乾いていくのだろうか。今度恥ずかしくなるのは千鶴子のほうだった。ひと口だけ木の実のかおりがするシャンパンをのんで、あわててテーブルのしたに手を隠してしまう。

「シャンパンっておいしいなあ」

のどかに剛史が感嘆した。

「そうね、おいしいね」

自分が初めて男とふたりでシャンパンをのんでから、もう二十年になる。歴史はぐるりと一回転したようだった。バブルがきて、バブルは去った。長い北風の季節が続き、景気が回復したと思ったら、こうして自分はシャンパンをおごる側にまわっている。それがなんだかとても不思議だった。

オードブルには十二種類の野菜がつかわれているといった。どれも細かく刻んであるので、フォークですくって口にいれると、複雑な和音のように味が混ざった。ドレッシングには沖縄からとり寄せた朝づみのシークワーサーを使用しているという。

「うまいな、こいつ」

若い男はフォークに山盛りできれいな色の野菜ブロックを積みあげ、おおきく口を開いて放りこんだ。三口で千鶴子には多すぎる量のオードブルを片づけてしまった。シャンパンのグラスも空になる。

「つぎはどうするの」

手の甲で口元をぬぐって、剛史はいった。

「ほんとは焼酎《しょうちゅう》のお湯割りがいいけど、ここにはないですよね」

千鶴子は笑った。剛史のうしろの壁一面にガラス扉のワインセラーがディスプレイされている。

「そうね、きいてみようかな」

また剛史はあわてた。

「やめてくださいよ、ほんとに。おれ、ワインはわからないから、千鶴子さんにまかせます」

「じゃあ、赤でいいね」

若い男はうなずくだけだった。千鶴子はウエイターを呼んだ。ワインリストを受けとる。

「あまり重くない、爽《さわ》やかな感じの赤ワインを選んでください」

開いたリストの中段を指さした。

「このくらいのランクのもので」

目を丸くして、剛史は千鶴子を見ていた。それが誇らしくもあり、淋《さび》しくもあった。千鶴子はほんとうは若い男よりも、年上のほうが好きなのだ。安心できるし、すべてをまかせられる。だが、この年になると独身の年上はほとんど残っていないのだった。自分は浩志に公認されているからいいけれど、相手の男の妻ともめるのはたくさんだった。妻という一見安定した立場の不安とつらさはよくわかっている。

「千鶴子さんは、なんで子どもをつくらないんですか」

平気で危険な球を投げてくる。若い男の至らなさが逆に新鮮だった。黙っていると剛史は重ねた。

「千鶴子さんとご主人はセックスレスではないですよね」

三十歳になる直前から五年間ほど、千鶴子と浩志は出産のためにあらゆる努力をした。つらいことが多かった。不妊治療を断念したのは三十五歳の誕生日である。子どもをあきらめてから、千鶴子は肩の荷がおりたように感じていた。微笑していう。

「赤ちゃんはできたらいいし、できなくてもいいかな」

届けられたワインをテイスティングした。爽やかな酸味と灰のような苦さのあるボルドーだった。ウエイターにうなずいた。グラスにワインが注がれる瞬間というのは、なぜか人は無口になるものだ。やはりごくりとのどを鳴らして、剛史は高価なワインをのんだ。

「よくわからないけど、うまいです」

「それで十分よ」

ワインは人生と同じだと千鶴子は思った。人生の味わいは実際に生きてみなければわからないのだ。メインディッシュが届いた。千鶴子には蝦夷鹿のポワレ、赤ワインソース。剛史にはピジョノーのロティである。皿の横には銀のボウルがだされる。

「うわー、すごくでかいな。こんなの全部たべ切れるかな」

それから声をひそめた。

「あの、この水のはいったボウル、なんにつかうんですか」

千鶴子は笑った。なにかをしらないというのは、素晴らしく爽やかなことだ。

「それはね、フィンガーボウルといって、指を洗う水なの。その鳩をたべるのって、ナイフとフォークだけだとむずかしいでしょう。手で骨をはずして、かぶりついてもいいのよ。そのほうがおいしいしね」

剛史の顔が明るくなった。

「そうなんだ。こんなのナイフとフォークじゃ、鳩の解体なんて、おれには絶対無理だな。ちょっと待ってて」

そういうと鳩の腿《もも》をつかんで、力ずくで身から引きはがした。軟骨と関節のはずれるゴリンとした音がする。

「はい、これ、千鶴子さんに」

投げだすように蝦夷鹿《えぞしか》のポワレのわきに骨つきの腿肉をおいた。空きテーブルをひとつおいた客が目を丸くして、こちらを見ている。

「ふふ、そういうのいいね。わたしも鹿をあげる」

ナイフをいれると鹿肉は熟しきったプラムのように濃い紫だった。血のにじんだ肉のかけらを、若い男の皿にのせてやる。

「なんだか、おれ狼になった気分です。鳩をちぎって、鹿にかみついて。ガルル、つぎは人間の、大人の女性かな」

鹿肉をくちゃくちゃとかみながら、剛史はそういって笑った。それだけの勇気があるのなら、別に千鶴子は自分の肉をくわせることにためらいはなかった。セックスは嫌いではない。ただ面倒なだけなのだ。男は一度してしまうと、つぎからあたりまえのように毎回求めてくる。どこか自分の所有物だという目で、女を見るようになる。そうではない男を千鶴子はしらなかった。笑っていった。

「それも悪くないかもしれないけど、わたしはなるべく先に延ばしたいな」

「どうしてですか」

赤ワインをひと口ふくむ。なぜただの葡萄《ぶどう》からこんなに複雑な味ができるのだろう。

「それはね、するよさもあれば、しないよさもあるから。もうすこし年をとると剛史くんにもわかるようになると思う」

「えー、そんなむずかしいこと、おれにはわかりませんよ。絶対にしたほうが気もちいいもん」

「それもあるけどね」

笑いながら、千鶴子は考えていた。するよさにしないよさ、愛するよさに愛さないよさ、子どものいるよさにいないよさ……それに、生きてるよさに生きてないよさ。どれもくらべることのできないことなのかもしれない。わたしたちは愛していて、愛していない。生きていて、生きていない。

千鶴子はこの場にいない夫のことを思った。きっと今ごろ、仕事のはずだ。オフィスでなにをしているのだろう。千鶴子の胸は切なさでいっぱいになった。こうして若い男とデートしながら、自分が一番に求めているのは浩志なのだ。

夫は千鶴子が誰かとデートしたあとで、必ず激しく求めてきた。今夜もあの慣れ親しんだ重さで胸を潰《つぶ》され、自分はシロップのような蜜《みつ》を流すのだろう。剛史は粗野でいきいきとしたアペリティフなのだ。若い男は不思議な顔をして、千鶴子をのぞきこんできた。

「どうかしましたか」

「別になんでもないの」

千鶴子は皿のうえから鳩の腿肉をとった。かぶりつく。かすかに口紅のにおいがした。皮はパイ生地のようにぱりっとクリスピーだ。脂のすくない肉はしっかりと生きものの味がする。骨からきれいに肉をはがして、軟骨と腱《けん》は奥歯ですり潰してたべてしまった。

「ちょっと借りるね」

手を伸ばしてフィンガーボウルで指先を洗った。澄んだ水のおもてに脂の玉が無数に浮かぶ。

「へえ、そんなふうにつかうものなんだ。西洋人でも日本人でも、あんまり変わりませんね。おいしいものを手づかみでたべるのは好きだけど、指が汚れるのは嫌なんだ」

「そうだね。たべてるあいだはどろどろだけど、たべ終わったら、すぐにきれいにしたくなるものなのかな。ふふ……」

「その先はおれにいわせてください。なんだかセックスみたいっていうんでしょう」

勘のいい青年だった。いいベッドパートナーになるかもしれない。自分も汚れた指をフィンガーボウルで洗い始める。

「そうね。終わったらすぐに水で流して、なにもなかった振りをする。そういうところ、すごく似てるかもしれない」

剛史はなぜかあわてだした。ボウルの水が跳ねて、白いテーブルクロスを灰色に濡《ぬ》らした。

「ちょっと待ってください。おれはなにもなかった振りなんてしませんよ。千鶴子さんのこと大好きですから。大切にします」

千鶴子は微笑んでいった。

「どうもありがとう。うれしいな」

若い男はほかになにももっていないので、みなひたむきだった。そこで自分の気もちを押しだすことになる。好きだ、愛してる、大切にする。人を好きになることが、どんなことよりも素晴らしいと無条件で信じているのだ。人生の複雑な味わいがわかるまえに連発される愛の言葉のなんと薄いことか。自分ではそれに決して気づかないのである。若いころは、わたしだって同じだったと千鶴子は思う。

剛史は目をきらきらと光らせて、こちらを見つめてくる。どこか自信ありげな表情だった。

「今夜、このあと、どうしますか。朝までやってるバーをしってるんですけど。マスターはちょっとした友達で」

店の人間とむやみに友人づきあいをしたがるのは、若い人の不思議だった。

「そうね、どうしようかな。それはこのあとのデザートをたべてから、考えることにしようよ。剛史くん、甘いもの好き?」

若い男はドクロのTシャツの胸を張った。

「まかせてください。甘いのも辛いのも、大好きです。もうひとついえば年上も年下も」

「それはよかったね」

千鶴子はメニューを思いだしていた。ワインのせいで、身体が熱をもってきたようだ。アイスクリームがあるといいのだが。すこし頭と身体を冷やしたほうがいいだろう。今夜のところ、千鶴子はこの若い男と寝るつもりはなかった。

ウエイターを呼び、ディナーコースのデザートを確かめた。ブラックチョコレートのケーキには、マンゴーのシャーベットがつくという。

「それならうれしいです。ありがとう」

ウエイターがいってしまうと、千鶴子は正面の男に視線をもどした。さて、どうやって、今夜は剛史をひとりで帰らせようか。そんな手など、千鶴子は百通りもしっていた。

夢の香り

ピクチャーウインドウを秋の勢いのない雨が、まだらに濡らしていた。さして高級でもない住宅街にあるちいさな喫茶店である。

（やっぱり三十歳というのは、壁だったのかもしれない）

じりじりと出会いもデートの誘いも数を減らしていた。三十五歳の今、ひとりでいることになれ切って、孤独な週末を疑うこともない。高野季理子《たかのきりこ》は水滴の流れ落ちるガラスを見ながら、片方の耳だけで友人の言葉をきいていた。また別れた夫の悪口だ。

「男って、外の顔と内の顔がまったく違うでしょう？」

住吉和美《すみよしかずみ》は離婚後も仕事の都合で、夫の姓を名乗っていた。すこし相手をしたほうがいいかもしれない。季理子は顔をむけていった。

「まあ、それはあるかもね」

季理子は結婚も同棲《どうせい》もしたことはないのだった。窓際のボックス席のむかいには、高橋義之《よしゆき》のすこしたるんだ顔も見える。わたしたちはいつのまにか、みな三十代なかばになったのだ。いっしょに映像の制作会社で働いていたころから、もう十年近くになる。義之は今、別のプロダクションで深夜バラエティのディレクターをしている。

紺色のアポロキャップが変わらないトレードマークだ。

「それは、女だって同じだろ。和美はいい男を見ると、すぐに目が女になるんだよな。スタジオで撮りのときだってそうだったじゃないか」

季理子は苦笑した。相手が売れっ子の俳優だろうが、若いアシスタントディレクターだろうが関係なかった。和美の面くいは会社では有名だったのである。

「しょうがないじゃん。わたしにはいい男センサーがあって、その針が振れちゃうと、自由がきかなくなるんだもん。誰にだって、弱いところがあるでしょう。ねっ、季理子」

季理子はこれまでにつきあった何人かの男の顔を思いだした。自分では共通点はわからなかった。背の高さ、顔の造り、仕事の内容。全部ばらばらだ。ためらいがちに季理子はいった。

「そういえば、わたしは男の人のにおいが好きかな」

義之がテーブルに身体をのりだしてきた。

「おー、なんだか色っぽいな」

和美がすねていった。

「なによ、そのくいつきかた。わたしのときとは、ぜんぜん反応が違うじゃない」

「いいから、いいから。で、その男のにおいって、どんな感じなんだ」

どんな感じかといわれても困ってしまう。季理子は腕を組んで歩きながら、男の肩口に頭をあずけるのが好きなのだ。そのとき自然ににおいを確かめている。

「うーん、むずかしいけど、その人の汗とか身体のにおいと、レザーやウールのにおいと、整髪料のにおいなんかが複雑に混ざってる感じかな」

和美が不思議そうにいった。

「じゃあ、みんな別々だね」

「そうね。別々だけど、そのにおいが嫌な感じの人とは、長く続いたことなかったな」

なぜ、自分が相手のにおいを確認するのか、その理由を季理子は黙っていた。それこそ勝手な思いこみといわれそうだった。非科学的でもある。和美と義之はテンポよく会話を続けていた。このふたりはつきあっているのではないかと噂されるくらい、仲がよかったのだ。季理子はまた濡れた窓に目をやった。

思いだしてみると、あれはもう二十年も昔のことになる。

当時、季理子は世田谷区の公立中学にかよう十五歳だった。

七月初めの朝のことである。カーテン越しに部屋にさしこむ日ざしが、妙に暑かった。目覚めて枕もとの時計を確かめると、まだ午前五時すぎだ。さらさらと肌を滑るタオルケットの感触、羽枕の天国のようなやわらかさ。身体は気だるくベッドのうえに浮かんでいる。二度寝をしようと目を閉じると、すぐにその夢がやってきた。

自分のとなりに男がいる。夢の直感で、その人が大切な人であることがすぐにわかった。だが、夢のなかの自分の身体は思うとおりに動かなかった。きっとこの人と結ばれるのだろう。直感はそう告げているのだが、視線を動かすだけでいいはずなのに、行動はまったく自由にならない。その代わり、季理子がしたのは、目を閉じてにおいをかぐことだった。

季理子は夢のなかで姿形のわからない男のにおいをかいだ。どこか懐かしさを感じさせるにおいだった。決して男くさい不快なものではない。いくつものにおいや香りが混ざりあって、複雑なハーモニーになっている。そのなかで、季理子に判別できるのはドリップ式でコーヒーをいれるときに立ちあがるあの香りだけだった。

もっとこのにおいをかいでいたい。夢のなかの人といっしょにいたい。しびれるような気もちでそう願ったときに、紙を裂くような音でじりじりと目覚まし時計が鳴り始めた。もちろん、季理子は目覚ましをとめて、遅刻覚悟で三度目の眠りについた。けれども、あの夢は二度ともどってこなかった。

考えてみれば、自分は二十年間、あの夢のなかの人と、夢の香りを探してきたのかもしれない。もうそれほど若いとはいえない年になってしまった。探しものは見つからないまま、季理子の探索の期限は切れようとしている。

「いや、おれにだってツボはあるよ」

義之の声がきこえた。すかさず、和美が突っこむ。

「誰もあんたのツボなんて、きいてないから」

「いいから、いわせてくれよ。おれの場合は、女の子の笑ったときの顔なんだ」

季理子は夢の回想から、リアルな喫茶店にもどってきた。

「へえ、それで」

「誰でも笑うと顔が崩れるだろ。普段はかわいくて、崩れたときにうんと落差があるといいんだよ。こんなにかわいい子が、くしゃくしゃに顔を崩して笑う。そういう遠慮のない感じに、ガツンとやられるんだよな」

「はいはい、義之はひとりで夢でも見てなさい。ところでさ、礼司《れいじ》、遅いね」

「おまえ、人の恋愛トークにちょっとは反応しろよ。これでも、すこしは恥ずかしいんだぞ。あいつ、遅くなるかもしれないっていってた。手続きとかいろいろ面倒なんだろうな」

吉江《よしえ》礼司もやはり昔の同僚である。現在はフリーランスでドキュメンタリーの監督をしている。ということは、ひどく収入が限られているということだ。硬派な番組が生き延びていく場所は毎年縮小している。和美がいった。

「でも、世界の紛争地帯にビデオカメラを一台もって入っていこうっていうんでしょ、礼司らしいよね。あの人、いつもむちゃするから」

「そうだな。だけど、それが礼司なんだ。おれは思うんだけど、生涯賃金と一生の満足度はあんまり一致しないんじゃないかな。好きなことだけしてる礼司が、うらやましくなるときがある。若いお笑い芸人の大食いコンテストなんて、別にディレクターいらないしな」

礼司から連絡がはいったのは急で、ピンポイントで土曜午後のこの時間を指定してきたのだった。翌日にはインドネシアに旅立つという。喫茶店でのささやかな壮行会である。

「ところでさ、和美は離婚したばかりだからいいけど、季理子にはいい男はいないのか」

そんなものがいたのは何年まえのことか、思いだすことさえできなかった。夢のなかの人とは出会えていないし、大人になると心はますますときめくのを面倒がる。

「そんなこと、今さら確認してどうしようっていうの。季理子は義之のことなんて、眼中にないのわかってるでしょう」

「おまえ、ほんとうるさいな。これはおれのためじゃなくて、人から頼まれてるんだよ」

そのときカラカラとカウベルの鳴る音が、狭い店内に響いた。ドアが開いて、雨のにおいがあたりを満たした。

「よう礼司、遅かったな」

ウインクをすると、義之がそういった。


吉江礼司は米軍放出品のオリーブ色のフィールドジャケットを着ていた。ずいぶん荒っぽくつかったようだ。丈夫なコットンがあちこち擦り切れそうになっている。無精ひげも伸ばしていた。三人に気づくと、まっすぐ窓際のテーブルにやってくる。迷いのない歩きかたは、昔とまったく変わらなかった。和美が声をかけた。

「あら、礼司、ひげ伸ばしたんだ」

礼司は長身をたたんで、季理子の正面に座った。ぼそりという。

「いや、これは変装みたいなもんだ」

まぶしげに礼司は季理子を見た。季理子はつりこまれるように質問した。

「変装？」

「そう、イスラム圏もまわるから。むこうはひげがないのは、ガキといっしょの扱いだから」

和美が横から返事をした。

「へえ、そうなんだ」

季理子は黙ってにおいをかいでいた。雨のにおい、古いジャケットのにおい、かすかに男の汗のにおい。どれも決して不快なものではない。礼司はブレンドを注文するといった。

「急に呼びだして、すまなかった」

「ほんとよ、でもなんで急にインドネシアなの」

和美がそうきいたが、なぜか礼司は季理子のほうをむいてこたえた。

「インドネシアだけじゃない。フィリピン、ベトナム、カンボジア、タイ、インド。それにできればアフガンやパキスタンもまわってくるつもりだ。半年は帰ってこない予定で旅を組んでいる」

季理子は不思議に思った。これまでの礼司の仕事とは、内容がまったく異なっている。

「もう日本の地方を撮るのはやめるの？」

「ひと区切りついた。編集も終わって、完パケにして、テレビ局にはわたしてある。放送がいつになるかもわからないし、ギャラはいつものように格安だろうけど」

義之がアポロキャップのひさしをあげていった。

「地方でカメラまわして、何年になる？」

「八年」

テレビディレクターがあきれた顔をした。

「そんなに長いあいだ、どうやってくっていたんだ」

礼司は顔を崩して笑った。木彫りの面のような人なつこい笑顔だ。

「自分でもどうやって生きてきたのか、わからないんだ。ずいぶん人さまにごちそうになった気はするんだけど。金はいつもギリギリだったから」

季理子は貧しさを素直に認める礼司の強さに感心した。映像の世界は、初めからない金をもっている振りをする人間ばかりだ。

「ほんとうならまだまだ日本の各地を撮りたかったんだが、地方は今ものすごく疲弊してる。カメラをまわしてるこっちのほうがエネルギーを吸い取られるような状態なんだ。それでしばらく海のむこうでも見てみようかと思って」

「へえ、お金の計算はできなくても、自分の仕事のことはちゃんと考えてるんだね」

和美はテレビ業界人のつねで、かなりの皮肉屋だった。礼司はまったくこたえていないようだ。

「よく第三世界というと暗くて、貧乏で、病気が多くてって話になるけど、おれは明るくて、元気で、ぴんぴんしてるところを撮ってくるつもりだ。日本はそこそこ豊かだけど、生きてるのか死んでるのかわからない風景ばかりだからな、リハビリみたいなものかもしれない」

和美がいきなりいった。

「ところで、礼司は彼女とかいないの。結婚の予定とかは？」

「おいおい、こんな金のないやつについてくる女はいないだろ。日本の女は計算高いんだぞ」

義之が笑ってそういったが、和美はムキになって反論した。

「なにいってるの。そういう義之よりも、礼司のほうがもててたじゃない。日本の女だって、金でしあわせが買えると思うほど、おめでたくないよ。で、礼司のほうはどうなの」

礼司は伸びかけの長髪をかいてみせた。

「正直、普通のOLさんなんかとつきあって、ずいぶん機材や取材費のカンパなんかもしてもらった。今はそういう人はいないし、結婚の予定もない」

義之が礼司の肩をたたいていった。

「おまえ、フィリピンでできちゃった婚とか、してくるんじゃないぞ」

カウンターの奥からマスターがでてきて、コーヒーカップを礼司のまえにおいていった。とてもいい香りだ。コーヒーの香りには、人の心を深いところでリラックスさせる魔法のような力がある。

そのとき、季理子は金縛りにあったように身体を硬直させた。先ほどから続いている雨のにおい、ジャケットのにおい、礼司の汗のにおい、それにコーヒーの香りが加わって、あの夢の香りがふと流れたように感じたのだ。

あれから二十年ほどたってしまっている。これは待ちくたびれた気もちがつくりだした香りの幻想かもしれない。季理子の心の一部は興奮していたが、残りは冷静だった。あの夢のなかのように目を閉じて、香りに集中した。何度も香りを分解しては、それぞれを味わい、また複雑なハーモニーにもどして、夢の香りと比べてみる。

(この香りは、あの夢のなかのものにすごく似ているけれど、100パーセント同じとはいい切れないかな)

二十年探していた香りに出会っても、季理子は自分を失わなかった。それがすこし淋《さび》しくもある。こんなに冷静に分析したりするから、数々の恋のときめきを逃してきてしまったのだ。人生には勢いや勇気のほうが、理性や常識よりも大切なときがある。

「なにやってるの、季理子」

和美にいわれて、ようやく目を開いた。

「今ね、ワンちゃんみたいに、鼻をひくひくさせていたよ」

義之も調子にのっていった。

「なんか、鼻の穴がふくらんで、うっとりした顔してた。けっこうやらしい顔だったぞ。季理子とはつきあい長いけど、そんな顔を見たのは初めてだ」

　顔が赤くなるのが、自分でもわかった。ほんの一瞬のつもりだったのに、しばらく香りを確かめていたのかもしれない。礼司がうれしそうにいった。

「おれ、季理子の気もちわかるよ」

　義之が混ぜ返した。

「なんだよ、おまえだけ季理子をフォローするのか」

「いいや、そういうんじゃない。今回の撮影プランを立てるために、事前に何ヵ国かまわったんだ」

　和美が冷めたカプチーノをのんでいった。

「へえ、それで」

「ほら、むこうだと村なんかで地元の人間にくいものだされても、なんだかわからないだろう。素材からしてさ。だから、困ったときにはいつもさっきの季理子みたいににおいを確かめてからくっていた。人間の鼻って、けっこうすごいんだぞ。自分の身体にほんとうにいいものは、ちゃんとおいしそうなにおいがするんだ」

　季理子の目的とはずいぶん違うけれど、礼司の話はとてもおもしろかった。礼司にきいてみる。

「あのね、礼司はその鼻を女の人につかったことはないの」

　義之が笑っていった。

「おいおい、やめてくれよ。いい女は、おいしそうなにおいがするっていうのか。そんなのにおいをかがなくても、直感でぴんとくるだろう」

　和美があきれていった。

「義之のはすぐにできる子かどうかでしょう。そういう勘だけは鋭いんだから」

　礼司はしばらく考えこんでいた。フィールドジャケットの腕を組んで、目を閉じている。鼻がひくひくとふくらんでは閉じた。自分はさっきこんな顔をしていたのか。それはすこし滑稽《こっけい》な表情である。目を開き、腕組みを解《ほど》いて、礼司がいった。

「その方面から、においを考えたことなかったな。それで今、初めてやってみたんだけど、なんだかいいにおいがしたよ」

　義之があわててきいた。

「えっ、いったい誰のだよ」

　礼司は照れる様子もなく、正面に座る季理子を見つめてくる。

「季理子だ」

「えー、わたしじゃないんだ。ショック！」

　バツイチの和美がおおげさに叫んでいた。

「おいおい、和美のはずがないだろう」

義之は余裕の表情である。

「なんで、あんたにわかるの」

腕を組んで、義之は笑っている。ちらりと礼司のほうを見た。

「まあ、いいから。おれの口からはいえないな」

「なによ、それ」

和美が唇をとがらせた。季理子も不思議だった。男たちのあいだで、なにか秘密の協定でも結ばれているようだ。

「だいたいな、和美もおれも今回は脇役なんだから、静かにしていればいいんだよ」

「じゃあ、主役って誰なの」

季理子はボックスシートの三人を見まわした。どう考えても、主役は明日から半年、世界の紛争地帯を旅するという礼司のほかに見あたらなかった。季理子はどんな場面でも、自分が中心になることなど予想もできなかった。これまでの三十五年間、つねに脇役の道を歩いてきたのだ。

義之がぽんっと、礼司の肩をたたいた。

「おい、おれがこれだけお膳立《ぜんだ》てをしたんだから、そろそろ自分でいえよ」

礼司の日焼けした顔がいっそう黒くなった。この人は顔を赤くしているのだろうか。

「弱ったな。カメラをのぞいてるときは、近くに自動小銃をもった兵士がいても怖くないんだけど、こういうのは怖いよ」

礼司が緊張すると、座の空気が変わった。和美がなにかに気づいたようだ。

「あー、わたしが主役じゃないというのは、そういうことね」

和美がとなりの季理子にウインクした。そんなことをされても、季理子にはまったく意味がわからなかった。あまりにもひとりが長すぎると、恋の勘はとことん鈍ってしまうのかもしれない。礼司がじっとこちらを見つめてくる。

「もしかして帰ってこられないかもしれない、そう思ったとき会っておきたい女性として最初に浮かんだのが、季理子だった」

「ひゅーひゅー」

和美が横で冷やかしていた。

「うるさいよ、脇役」

義之が制すと、和美はちろりと舌をだして黙りこんだ。礼司の顔は赤黒くなっている。

「それで、義之に無理をいって、季理子に声をかけてもらった。急に呼びだしたりして、すまない」

礼司はまっすぐに背を伸ばしたまま頭をさげた。まるで昔の武士みたいだ。季理子もつい頭をさげてしまう。

「ううん、ぜんぜんすまなくなんかないけど」

「でも、よかった。季理子に会えて。出会ったころと変わらないな」

礼司と季理子は二、三カ月に一度ほど昔の仲間と集まってのむ程度の間柄である。何度かふたりで話したことはあるけれど、男女の関係を意識したことはなかった。男の心というのは、読みにくいものだ。

「変わったと思うけど。初めて会ったころは十年まえで、今よりもはるかに若かったし」

自分自身のことはよくわかっていた。体重もこじわも増えたが、肌の張りや髪の艶《つや》は減っていた。なくしたくないものがなくなり、増えなくていいものが増える。それが年齢を重ねるということだった。義之が横から口をはさんだ。

「いや、ぜんぜん変わってないよ。季理子はいつもほめられるとむきになって否定する癖があった。昔はもっと気が強かったから、からかわれるとセクハラだといってへそを曲げていたよな」

男たちから誘われることがすくなくなると、自然にセクハラも減っていく。季理子は窓に目をやった。いつのまにか雨があがっていたようだ。アスファルトは黒々と濡《ぬ》れ、ほのかに光をはねている。雨雲は夕日を受けて、バラ色に縁を染めていた。

「ねえ、そういうことなら、もうお店をでない？　義之とわたしがいたら、礼司も話がしにくいだろうし。もう大人なんだから、義之がいなくてもだいじょうぶでしょう」

義之が伝票に手を伸ばした。

「おれが払っておくから、ふたりでゆっくり話してくれ」

「じゃあ、わたしも半分だすよ。こういうときに払わないと、女がすたるからね」

和美と義之が席を立って、レジにむかった。和美がちいさく手を振って、季理子に唇だけ動かした。

（が・ん・ば・っ・て・ね）

なにをがんばればいいのだろうか。礼司は顔を赤くしたまま黙っている。季理子は久しぶりにめぐってきた恋愛映画のような場面にとまどっていた。カウベルの音がしてふたりがいってしまうと、礼司が口を開いた。

「なんだか気の早いやつらだなあ。そんなに遠慮することもないのに」

「ほんとね。もうこっちだって子どもじゃないし」

告白されても、別に胸が躍るわけでもなかった。穏やかなうれしさはあるけれど、恥ずかしさもばつの悪さもない。それだけずうずうしくなったのかもしれない。女も三十五年も生きれば、いろいろとある。季理子はまっすぐに切りこんだ。

「明日から旅にでるのよね。礼司は、これからわたしとどうしたいの」

無精ひげの男が頭をかいた。フィールドジャケットのひじに穴が開きそうになっている。今度革のパッチでもあててあげようか。

「弱ったな。半年も日本を離れるのに、つきあってほしいともいいにくいし。でも、季理子に会わなければいけないって気もちは動かなかったんだ。ダメならそれで、すっぱりあきらめて、旅にいこうと。ずいぶん、勝手なもんだな」

「ほんとに、そうだね。人の気もちをまったく考えてないというか」

おおきな男が恐るおそるこちらを見つめてきた。目があうと、思わず季理子は笑ってしまった。

「そんな顔しなくてもいいよ。怒っていないから」

礼司はすこしだけ笑ったが、腕を組んで考えこんでしまった。

「これから、季理子とどうしたいのかな、おれ」

ぶつぶつとひとり言をつぶやいている。第三者のいるまえで告白したり、いきなり迷ったり、よくわからない人だ。うんとうなずき、自分のひざをたたいていった。

「むこうから手紙を書くよ。それで、あれこれとやりとりして、それでもいいようなら、こっちが日本に帰ってきてから、ちゃんとつきあうことにしよう。あのさ……」

また黙りこんでしまう。季理子はじれったくなっていった。

「さっさといったほうが、礼司らしいよ」

「……わかった。おれたちもそろそろいい年だから、結婚を前提としてさ」

こういうときに結婚という重い言葉を投げるのは、センスがいいのか悪いのかよくわからなかった。この人はドキュメンタリーの仕事といっしょで、すべて直球勝負なのだろう。季理子はうなずいていった。

「わかった。では、そういう前提で。それよりここのお店にもずいぶん長居してるし、どこかで晩ごはんでもたべない」

季理子は休日にひとりで夕食をたべることに少々飽きていた。気がきかない人でも、誰かがテーブルのむかいに座っているというだけで十分だった。窓際のボックス席を離れて、喫茶店の扉にむかった。礼司が木のドアを開くと、外の空気が流れこんできた。

（あっ、この香り）

季理子はちいさな喫茶店の扉のまえで、雷に打たれたように立ち尽くした。礼司の汗のにおい、古着のフィールドジャケットのにおい、シャンプーのにおい、雨のにおい。そこに新たに加わったのは雨あがりの地面から立ちのぼる湿った土とほこりのにおいだった。その瞬間、すべてのピースが埋まったようだった。

（この香りが、夢の香りだ）

季理子は目を閉じて深呼吸した。二十年ぶりに夢の香りに出会えたことが、うれしくてたまらなかった。ここで突然泣きだしたら、礼司はきっと不気味に思うことだろう。じわりと浮かんだ涙を抑えて、季理子はいった。

「なんだかすごくお腹が空《す》いてきちゃった。なにがいい？　今日は壮行会だから、わたしがおごるね」

礼司はじっと扉を押さえていてくれた。

「じゃあ、うまい鮨《すし》をくいにいこう」

「まかせて、おいしくて安いお店しってるから」

あらためて、礼司に目をやった。また懐かしい香りを吸いこむ。季理子はしっかりと夢のなかの男の顔を胸に刻みこんだ。

ハート・オブ・ゴールド

梅雨が明けたばかりの沖縄の空は、青ガラスのように澄んで硬かった。日ざしは熱湯でも浴びるように肌に痛い。さすがに東京から遥々《はるばる》千五百キロ以上も飛んできたかいがあった。身体にまとわりつく濡れた空気ではなく、さらりと乾いた粉のような風が半袖《はんそで》Tシャツのなかを吹き抜けていく。

園田《そのだ》俊明《としあき》は東京ではかけないサングラス越しに、那覇空港まえのバスターミナルを眺めていた。目的地の読谷村《よみたんそん》へ長距離の路線バスがでているはずだ。大型のショルダーバッグを肩にさげ、バス乗り場にむかって歩きだす。

季節外れの休暇は、勤続十周年のご褒美だった。

俊明は事務機器販売会社で働いている。オフィスで使用するあらゆる備品を売るのが仕事だが、無理な飛びこみ営業はなく、つきあいの長い得意先を回っていればいい気楽な職場だった。もっとも最近はネット通販に押され、価格の叩《たた》きあいが厳しかった。会社としては、きめ細かなサービスとそこそこリーズナブルな価格で対抗していく戦略のようで、水性ボールペン一本の注文でも配達にいかされたりする。給料は上を見れば切りがない。もうすこし高ければとも思うけれど、不景気の昨今会社がリストラに走らないだけまだましというところか……。

今は仕事の話はいいだろう。

なにせ、初夏の沖縄にきているのだ。

こんな楽園にきて、仕事や会社のことなど考えたくもなかった。


俊明は行く先を確認して、大型バスに乗りこんだ。発車までしばらく時間があるらしく、乗客は誰もいなかった。子どものころよくそうしたように、運転手のとなりにある先頭座席に座り、ぼんやりと青いフロントウインドウ越しに空港のロータリーを眺めた。

なぜ、沖縄なんかにきたのだろう。

理由は別になかった。強いていえば、休暇の数日まえに見た深夜のお笑い番組が、沖縄ロケだったというくらいのものである。若手コンビが島唐辛子を丼《どんぶり》一杯たべさせられていたのが、気の毒すぎて笑ってしまった。仕事というのは実にいろいろな種類があるものだ。辛いものが苦手なツッコミ担当は、涙を流しながら唐辛子を呑《の》みこんでいた。

その番組のタイトルバックで、なにげなく撮影された青い空や空気の乾いた感じがよかったのかもしれない。俊明はすぐにネットで調べ、航空券と読谷村のゲストハウスを予約していた。

「……博美《ひろみ》とも別れちゃったしな」

ちいさなひとり言が漏れて、俊明はひやりとした。運転手にきかれていないだろうか。片方の耳にイヤホンをさした中年の運転手は、そっぽをむいて人指し指で細かくハンドルを叩いていた。

彼女とつきあっていたら、沖縄にはきていなかったかもしれない。ガールフレンドの住む横浜の部屋にでも転がりこんで、近場でだらだらと遊んで過ごしただろう。山下公園に、元町プールに、本牧《ほんもく》のシネマコンプレックス。旅行は無理だろう。むこうにはむこうの仕事がある。

俊明が退屈し切ったころ、バスが動きだした。夏休みまえの長距離バスの乗客は五、六人だった。空港からでてしばらくすると、米軍基地のフェンスが見えた。鮮やかな緑の芝のあいだに宿舎や倉庫が見える。どれもゆったりと距離をとって置かれていた。映画のセットのようだ。アメリカ人というのは、世界中どこにいってもアメリカの暮らしかたを頑固に崩さないものだ。

緑の芝を眺めていたら、博美といっしょにいったグアム旅行を思いだしてしまった。水着のブラのあいだに手をいれて触った柔らかな胸の感触。夜のベッドで漏らすかすれたため息。抱き締めた肩の薄さや腰の細さ。それに意外なほどの腰と尻《しり》の量感。

なぜ公共交通機関に乗っているときというのは、すぐに頭のなかに性的な回想や妄想が湧きだしてくるのだろう。

男の頭というのは、不思議なものだ。


一時間とすこしで、バスは読谷村に到着した。バス停はサトウキビ畑の真ん中だった。ざわわ、ざわわ、ざわわという歌があったけれど、俊明にはもっと硬い音にきこえた。葉ずれの音というよりも、ぱちぱちと薄い板をたたき合わせるような響きだ。パソコンのプリントアウトをもって、サトウキビ畑のなかの一本道を歩きだす。ほかに舗装路はないので、きっとこの道でいいのだろう。バス停からは徒歩七分と書いてあった。真上から照りつける日ざしはずしりと重く、歩き始めてすぐに汗が噴きだした。見ず知らずの土地を地図を片手にすすんでいるうちに、だんだんと道に迷っているような気分になってきた。

こいつは案外新鮮かもしれない。俊明は額の汗をぬぐいながら考えた。十年も東京で仕事をしていると、道に迷うことなどなくなってしまう。会社にも慣れて、日々繰り返す仕事は、考えるまでもなく自動的に進行するルーティンになる。大学生のころ夢見ていたライフワークなど、とうに忘れてしまった。だいたい学生が想像するいい仕事などというものは、その時代に流行《はや》っているイメージをなぞった薄っぺらなものにすぎない。現在なら環境関係とか、おしゃれな農業といったたぐいだ。

目印の電柱の角を曲がって、二分ほど歩いた。あれはガジュマルだろうか、丸く分厚い葉をつけた木々の森を背景に、ゲストハウスの建物が見えてきた。すこしサイズはおおきいけれど、沖縄ではごく普通の民家である。ブロックとコンクリートでできた平屋根の二階建てだ。その屋根から真っ青なペンキで塗りたくった看板がさがっていた。

［ゲストハウス　じんくる］

開きっ放しのアルミのドアを抜けると、海の家のようなゴザ敷きのロビーだった。誰もいない。天井扇がゆっくりまわっているだけだ。

「すみませーん、どなたかいませんか」

奥からのんびりと女の声が響いた。

「はーい」

薄暗い廊下からやってきたのは、俊明と同世代の小柄な女性だった。絞り染めのTシャツを着て、腰にはたっぷりと巻きスカートを結んでいる。なによりも印象的なのは、胸と腰の太さである。古い土器のような丸さだ。あまりじろじろと身体の線を確かめるのはマズイと思い、俊明は女性の顔を見た。目と口のおおきな南方系の顔立ちだった。

「東京からきました園田です。今日から三泊で予約したんですけど」

「めんそーれ、じんくるへ。わたしはここの雇われオーナーで、伊礼門幸恵《いれいじょうゆきえ》っていいます。そっちで宿帳書いてください」

最初からくだけた言葉づかいだった。ゲストハウスは若者用の安宿なので、これでいいのだろう。さっぱりとしていて、逆に俊明は好感をもった。

壁際のテーブルに座り、A4の用紙にボールペンで記入した。姓名、年齢、住所、職業。宿に泊まるたびに思うのだが、こんなものになんの意味があるのだろう。でたらめを書いても、誰にもわからないに違いない。だが、俊明はまじめな会社員なので、ていねいに正確に書きすすめていく。

「はい、これでいいのかな」

ペンと紙を戻すと、雇われオーナーがいった。

「園田さん、ハウスネームはどうします？」

意味不明である。

「それ、なんですか？」

幸恵が笑った。目を細めるとようやく普通の目のおおきさになる。

「わたしはここでは、みんたまーって呼ばれてます。目玉っていう意味。ハウスネームは外の世界を忘れて、ここでリラックスするためにつけるんです。お好きなやつでいいんですよー」

自分に新しい名前をつける。考えたこともなかった。ためらっていると、幸恵がいった。

「じゃあ、わたしがつけてもいいですか。お客さんの印象から、うちなーぐちで」

「はあ、いいですけど」

幸恵は目を見開いて、しばらく俊明を見つめていた。にこりと笑っていう。

「じゃあ、がんちょーさんがいいさー」

俊明もつい笑ってしまった。初めて顔をあわせて数分後にあだ名をつけられたのは、もちろん初めてだ。

「がんちょーって、どういう意味ですか」

「メガネです。お客さん、メガネかけたままだから」

すっかり忘れていた。俊明はミラーグラスをかけたままだったのである。あわててメガネをはずしていった。

「すみません。うっかりしてて」

幸恵が俊明の顔を見上げてくる。

「がんちょーさんは、みんたまーじゃないね。お部屋はこっちですけど、そのまえに設備を見てください」

俊明は薄暗い廊下を、幸恵のよく揺れる丸い尻に引かれるように奥にすすんだ。

「ここがキッチンです」

コンクリートの土間の広さは十畳ほどあるだろうか。黒く湿っている。中央に調理用のステンレスのテーブルがあり、壁沿いに大型のシンクとガス台がならんでいた。冷蔵庫も俊明の身長を超えるものが二台もある。

「調味料はこのなかにあるから、夜になったら自由につかってください」

それがこのゲストハウスの名物だった。この宿は朝食はだすけれど、夕食はつかない。その代わり宿泊客は、ひとり一品なにか手料理をつくらなければならないのだ。それをみんなで分けあってたべる。毎晩が見ず知らずの者同士の宴会になるという。開いた冷蔵庫のまえで振りむくと幸恵がいった。

「がんちょーさん、料理は得意？」

ひとり暮らしが長いので、別に苦手ではなかった。

「しゃれたものはつくれないけど、簡単なものならだいじょうぶ。ところで、今ここのゲストハウスにはほかのお客は何人いるの」

「四人さー、キャサリンとデニスと白洲《しらす》とぐなぁ」

なんだかすこし面倒くさそうである。俊明はサンダルを脱いで、廊下にあがった。

「キャサリンとデニスは外国の人？」

「どっちも日本人さー。みんな、今裏の浜にいってるよ。誰もいないうちに部屋だけ見とけばいいさ」

　廊下を折れると、入口にすだれがさがった部屋があった。幸恵が涼しい音を立ててすだれを巻きあげると、二段ベッドがびっしりとならんでいる。

「こっちが一泊千五百円のドミトリーさー。こういう部屋があとふたつあって、夏休みにはいつもいっぱい」

　俊明はベッドのなかをのぞきこんだ。清潔そうなシーツとタオルケットが足元にたたまれている。さすがに三十をすぎると、二段ベッドで泊まる気にはなれなかった。

「がんちょーさんの部屋はうえさー。こっちに、どうぞ」

　階段をあがるときは、幸恵の巻きスカートの尻《しり》から視線を引きはがさなければならなかった。沖縄という土地のせいか、勤続十年の休暇のせいか、どうも欲望を覚えて困る。

　階段をあがると左右にドアがあった。

「うちの一番いい部屋がこのふたつ。がんちょーさんは、こっちの右のほう」

　幸恵がドアを開けると、畳敷きの六畳間だった。開け放した窓のむこうには、緑の海がのぞいている。

「ごゆっくり、どうぞ」

ショルダーバッグをもったまま、個室にはいった。古い畳が湿ってやわらかだが、俊明に文句はなかった。このシーサイドの部屋で一泊四千五百円なのだ。三日連泊して、ホテルの一泊分である。

俊明は畳のうえに座りこむと、旅の荷物を解き始めた。

ガジュマルの森のなかは、薄暗く夕方のようだった。空気までひんやりとしている。水着に着替えた俊明は、タオルと日焼け止めをもって、裸足《はだし》で海にむかった。トンネルのような森を抜けると白い砂のビーチだった。

「あちっっ……」

とてもまともに歩けないほどの熱さだった。焼けた鉄板のうえでダンスでもしているようだ。

「あはははっ」

誰かが笑っていた。俊明の足元にぺらぺらのゴムぞうりが飛んできた。じんくるとゲストハウスの名前がマジックで書いてある。

「そいつをはいたほうがいいよ。この浜は火傷《やけど》しちゃうよ」

声のほうに顔をあげて、反射的にいった。

「すまない。ありがとう」

「いいよ。最初はみんなわからないから」

声の主はまだ大学生のような青年だった。みんたまーに負けないくらい小柄だ。人懐こく笑って、声をかけてくる。

「今日着いた人だよね。ぼくはぐなぁ、そっちのハウスネームはなんていうの？」

「がんちょー」

「だって、メガネかけてないし」

「あっ」

額に手をあてて、サングラスを探した。なぜかサングラスは必要なときに忘れてしまうものだ。

「そっちのぐなぁって、どういう意味かな」

青年が口をとがらせた。

「よくわからないけど、ちいさいって意味らしいよ」

俊明は笑った。ビーチに目をやると、小高い磯山にかこまれた半円形の浜だった。じんくるの宿泊客なのだろう。ほかの三人の姿も見える。俊明はぐなぁにいった。

「簡単に紹介してくれないかな」

ぐなぁがガジュマルの日陰にバスタオルを敷いて寝そべる若い女を指さした。

「あれがキャサリン。渋谷のマルキューで働いてるんだって」

白いビキニの水着はいいが、その女はやせすぎで、おまけに髪も金色すぎた。なぜか三十をすぎてから、俊明はグラマーと太目の境界線上の身体が好きになっている。

「で、そっちの寝椅子に横になってるのが、白洲さん」

サングラスをかけた男は、アマゾンのキンドルとアップルのｉＰａｄを両方とももっていた。今読んでいるのは、キンドルのほうだ。直射日光のもとではとても液晶ディスプレイは読めないだろう。

「白洲さんていうのは、さんずいがつく白洲なのかな。本名なの？」

「いいや、ハウスネームみたい」

それなら白洲次郎のことだろうか。ケンブリッジ大学を卒業して、吉田茂のブレーンになり、占領軍に楯突《たてつ》いた男。旧通産省の創始者というくらいしか、知識はなかった。そういえば日本で初めてジーンズをはいたらしい。そんなハウスネームを選ぶなんて、なんだか面倒くさそうな男である。俊明よりも数歳年上というところだろうか。

「あとはあの人だよ」

ぐなぁは波打ち際で海獣のように寝そべる中年男を示した。海水パンツがぶかぶかだ。

「で、あの人がデニス。ヒッピーらしいよ。アルバイトで小金をためては、ずっと旅をしてるんだって」

さすがに沖縄のゲストハウスである。さまざまな職種と年齢の男女が集まっている。ぐなぁが口に手をあてて叫んだ。

「新人がきたよ。がんちょーさんだって」

あちこちに散らばる三人が顔をあげて、こちらを見た。ぐなぁが俊明の肩を突いた。

「ほら、がんちょーさんも挨拶《あいさつ》しなよ」

しかたなく俊明は腹から声をだした。

「東京で会社員をしてるがんちょーです。みなさん、よろしく」

そんな大声をだしたのは久しぶりで、めまいがしそうだった。目のまえには沖縄の明るい緑の海が広がっている。水平線の彼方《かなた》に積乱雲が浮かんでいるが、そこからこのビーチまで数十キロの空には、雲らしい雲はひとつも見えなかった。真っ青な書割の天井のようだ。

なぜか俊明は大声で笑いたくなった。

東京に残してきた会社も仕事もどうでもいい。

別れた恋人もどうでもいい。

生涯賃金だとか、夏のボーナスだとか、金融危機がどうしたというのだ。ここには沖縄の空と海があるだけだ。

自分はこれからの四日間、園田俊明ではなく、がんちょーになる。

俊明はわけのわからない歓声をあげて、そのまま緑の海へ突進した。日ざしは熱く、水は冷たく、身体は軽かった。とりあえず、今日はなんの問題もない。

俊明はそこで疲れるまで泳ぎ、その後は海のうえに浮かび、ただ空を見あげていた。この空が東京とつながっているとは、頭でわかっても到底信じられない。それほど、沖縄の空は青く、自由だった。


俊明がゲストハウス近くのスーパーで買いこんだのは、キャベツとニンニクとジャコ。それにインド洋産キハダマグロのさくだった。

「へえ、それでなにつくるの？」

ぐなぁが調理台の手元をのぞきこんでくる。

「ジャコいりのキャベツ炒《いた》めとマグロのゴマ汚し」

どちらも俊明の得意な酒の肴《さかな》である。まずざくざくとおおきめにキャベツを切る。叩《たた》き潰《つぶ》したニンニクをサラダオイルで香りだししてから、キャベツを強火で炒める。強めの塩コショウと味の素《もと》少々。ほんの九十秒ほどで完成だ。そのうえに素揚げしたジャコをどさりと振っておしまいである。

マグロのほうはさくを厚めに切って刺身にしたら、醤油《しょうゆ》と出汁《だし》でつくった漬け汁に、切りゴマを茶碗《ちゃわん》一杯たっぷりと投入して、刺身にべたべたとまぶした。冷蔵庫に放りこみ小一時間も馴染《なじ》ませるとたべ頃だが、そのままでも十分いける。

「へえ、意外とうまそうだなあ」

そういうぐなぁは海ブドウとトマトとサニーレタスのサラダだった。ドレッシングはショウガを効かせて、ゴマ油と醬油でつくっている。

「じゃあ、わたしがメインディッシュといきますか」

海からあがった白洲は、白い麻のシャツでキザに決めていた。先ほどから中火で熱しているフライパンからは煙があがっている。ちりちりに縮んでいるのは牛脂だ。白洲は人数分のヒレステーキを手際よく焼いていく。火は弱めなかったし、肉をすぐにひっくり返しもしなかった。じっくりと火をとおしていく。

「ステーキを焼くのは、けっこう得意なんだ。アメリカに留学していたとき、鉄板焼きの店でアルバイトをしてね、見よう見まねで覚えた」

そういうとのみさしの缶から、さっとビールをフライパンに振った。肉の焼ける音に、ビールが玉のように跳ねる音が重なる。食欲をそそる音だ。耳からよだれがでそうだった。

「さあ、がんちょーさん、配膳《はいぜん》の用意しよう」

なぜか小柄なフリーターのぐなぁは、俊明になついていた。なにかとまとわりついてくる。まあ、確かに白洲は外資系の投資銀行勤務で嫌味だし、先にテーブルに着いたデニスは得体の知れない中年男だから、自分しかいないのかもしれない。俊明はただの安月給の会社員である。

自分の料理をもって、ゲストハウスの裏にあるウッドデッキにむかった。デニスが大鍋《おおなべ》でつくったのは、スーパーで安く譲ってもらった魚のあらで出汁をとった豪快な味噌汁《みそしる》だ。

中年男は腹をかいて、顔を崩した。

「おう、ようやく肉がきたな」

渋谷マルキューで働いているというキャサリンは、食前のビール一杯で酔っているようだった。やたらとテンションの高い声でいった。

「みんな、男なのに料理うまいねえ」

そういうキャサリンのまえには、ふぞろいのおにぎりが大皿を埋め尽くしている。マダムのみんたまーが両手に皿をもってやってきた。

「冷蔵庫の残りものだけど、よかったら、どうぞ。さあ、みんなでたべよう」

ウッドデッキのテーブルには、LED式のカンテラがふたつおいてあった。空には夕焼けの燃え残りが、かすかなオレンジ色の帯となり流れている。空気自体が香ばしい。少々蛾はいるが、最高の気分だ。俊明はまずあら汁をすすり、にぎりめしにかぶりついた。汁は濃厚でうまい。だが、にぎりめしは味がしなかった。

「キャサリンさん、これ、塩つけて結んだの？」

キャサリンは俊明の刺身をつまみに、ビールをのんでいる。

「つけてない。めんどくさいし、おかずがたくさんあるなら、なくてもいいかなって。だって、普通はおかずを白いごはんでたべるよね」

そういわれてみればそうなのだが、おにぎりの形になっていると、味がしないのは納得できなかった。

「おまえはなんでもめんどくさいだなあ。そんなことじゃ、嫁にいけないぞ」

中年フリーターのデニスだった。俊明は質問した。

「あの、デニスさんって、デニス・ホッパーのデニスなんですか」

前歯をすべて見せて笑い、デニスがめし粒のついた手をさしだしてきた。俊明はしかたなく握手した。男の手がねばりつくようだ。

「この安宿で、そいつに気づいたのはあんただけだ。そこの金の亡者と違って、なかなかいいセンスしてるじゃないか。おれは『イージー・ライダー』が好きでな、一時期映画の仕事をしてたときがあるんだ。まあ、今はバイトしながら、旅から旅の日々だけどな」

金の亡者と呼ばれた白洲は育ちのいい男のようだった。別に機嫌を悪くもせずにいった。

「なにもかも金の世のなかですよ。まあ、大目に見てください。金融危機以降、うちのブレッカー&サンズだって、苦しいんですから」

その投資銀行の名なら、俊明もきいたことがあった。あの会社の平均給与は、平社員までふくめて確か三千万を超えていたはずだ。エリート中のエリートである。デニスはビールをのんで苦い顔をした。

「おまえらみたいなヤンキーが、世界中でいい加減な博打《ばくち》を張るから、沖縄のこんな田舎さえどえらい不景気になったんだぞ。ちっとは反省しろ。おれだって、仕事でえらい目に遭った」

ぐなぁがいった。

「デニスさんの仕事って、自動車工場の期間工とかの話？」

中年男は一瞬言葉に詰まって、あやふやにうなずいた。

「まあ、仕事といえばもろもろだ」

「ですがね、うちの会社だってたいへんですよ。日本支社ではもう三十代後半以降の社員は、よほどできる人以外、給料が高いって全部首を切られましたから。仕事はきつくなるし、ペイもあがらないし、踏んだり蹴《け》ったりです」

俊明は想像してみた。年収四千万円を稼ぐディーラーたちに、つぎの仕事はあるのだろうか。いきなり世の荒波に放りだされる。会社員を十年勤めた俊明にとっては、想像もできない恐怖である。白洲は俊明の顔をちらりと見ていった。

「がんちょーさんなら、会社員だからわかりますよね。いくら高給でも、いきなり明日からこなくていいといわれる恐怖は」

俊明がうなずくと、ぐなぁがいった。

「でも、会社でちゃんと働けるなんて、ぼくはうらやましいなあ」

デニスが吠《ほ》えた。

「会社なんて、あんなとこなにがいいんだ。年寄りばかりえばって、こずるく金の計算ばかりしやがって。いいか、金をもってるやつが一番えらい。それで、金をだしたやつが一番もうかるようになってる。どんなきれいごとをいっても、そいつが世のなかだ」

さすがに中年まで放浪のヒッピー生活を続けた男の台詞《せりふ》はひと味違っていた。

「でもでも、みんなでひとつの仕事に集中してとりくんだり、いっしょに残業したり、のみにいったり……それに社員旅行とか、花見とか、合コンとかもするんでしょう。組織のなかで働くことって、ぼくにはすごくうらやましいけど」

海鳴りをBGMにしたぐなぁの声には、どこか切なさが漂っている。このフリーターの青年には、どんな過去があったのだろう。俊明がいつかきいてみようと思っていると、黙っていたキャサリンがいった。

「わたしはデニスさんに賛成。とくに表がきれいな仕事ほど、裏は汚いよ。わたしが働いてるファッションのほうなんて、ひどいもん」

「それはそうだろ。ひらひら、きらきらのおしゃれな世界はどこもひどいもんだ」

デニスは缶ビールをのんで、肉をくらっている。考えてみると、ひとり一品の夕食はよくできた仕組みだった。金のないデニスはただ同然の魚のあらで、豪華なヒレステーキつきのディナーにありつける。豊かな者から貧しい者へ、自然な形で所得と栄養の再配分ができるのだ。キャサリンはゆる巻きの金髪の先を、くるくると人さし指に巻きつけながらいった。

「給料は思い切り安いし、休みもないし、労働条件は最悪。うちらマネキンは一日中立ち仕事で、みんな足がむくんでるし、冷房の効き過ぎで冷え性だし、音楽がうるさくて難聴になってる」

確かにああした職場で毎日働くのは、かなり厳しそうだ。俊明はときどき営業車を公園の木陰にとめて、エアコンをいれたまま昼寝している。

「それなのにさ、自分のところのブランドの服をバカみたいに買わされるんだ。だいたい給料の三分の一は売りものの服買ってなくなっちゃうよ。ほっんと、バカみたい」

ぐなぁが気の毒そうにいった。

「じゃあ、すぐにみんな辞めちゃうから、会社もたいへんだよね」

キャサリンは俊明がつくったマグロのゴマ汚しをたべて叫んだ。

「なに、これ。うっまーい！　会社のほうはぜんぜんたいへんじゃないよ。だって、日本中にマルキューで働きたくてあこがれてる子が、いくらでもいるでしょう。現場の子が辞めても、いくらでもつぎの若い子がくるから困ることないの」

急に暗い顔になって、もう若過ぎるとはいえないキャサリンが続けた。

「でもね、夢をもってはいってきては、若い子が辞めていくのをずっと横から眺めてると、なんていうかでたらめに消耗するんだよね。もうくたくたで、よれよれ」

「そうかあ……やっぱり世のなかって怖いところだなあ」

ぽつりといったのは、ぐなぁである。デニスがぐなぁの肩を叩《たた》いていった。

「そう暗い顔をするな。今日は気分がいいし、めしもうまいから、一曲うたうぞ」

デニスはウッドデッキの隅に立てかけてあった塗りのはげたギターを手にした。二、三のコードをかき鳴らすと、いきなり読経《どきよう》するようにぶつぶつとうたいだした。曲は俊明も知っている。ニール・ヤングの古いフォークロックの名曲で、「ハート・オブ・ゴールド」だった。

おれは黄金の心を探してる。おれは黄金の心を探してる。サビでは同じリフレインが何度も繰り返されていく。黄金の心というのは、いったいなんなのだろうか。誰でも確かに金のために働いている。けれど、金のためだけに働けるほど、人間は強くないし、浅ましくもないはずだ。

俊明は遠くの波音とデニスの苦しい歌声をきいていた。自分は十年、あの可もなく不可もない会社で働いてきた。これからも働き続けるのだろう。計算すれば、簡単に残り二十八年分の賃金も割りだせるはずだ。だが、その金額が自分の正当な評価といえるのだろうか。その金額は、白い麻のシャツを着て、前髪をキザに垂らした白洲の五分の一ほどでしかないかもしれない。けれど、白洲が自分よりも五倍幸福そうには見えなかった。

歌の途中でゲストハウスの雇われオーナー・みんたまーが、三線《さんしん》をもって加わった。音の響きは異なるけれど、どこかシターに似た乾いた音が、ギターと奇妙に調和していた。みんたまーもうたった。

黄金の心を探してる、黄金の心を探してる。

最後には、その場にいる全員の合唱になった。

俊明もうたった。自分の黄金の心はどこにあるのだろうか。それが見つかれば、ほんとうに幸せになれるのだろうか。ひとつだけ確かなことは、黄金の心はただのおおきな額のキャッシュでできているはずがないことだった。

歌が終わっても、みんたまーは三線をつまびき続けた。

「あーあ、やっぱり歌のある飲み会は最高さー。ねえ、みんなも、そう思うでしょ。そう思う人は手をあげて」

酔っ払った五人は全員右手をあげた。そんな動作をすると日焼けした肩の肌が痛んだ。

「でも、もう来年には、このゲストハウスもおしまいさー。残念だけど、ここはあと半年で賃貸契約が切れるから」

「えーっ、もったいない」

真っ先に悲鳴のような声をあげたのがキャサリンだった。

デニスがいう。

「やっぱり金だろ。どういう話になってんだよ、みんたまー」

ガジュマルの森に三線の響きが吸いこまれていくようだった。森のなかからは、なにかよくわからない生きものの鳴き声がする。

「しかたないさー。来年の春で、ここの賃貸の期限が切れる。それまでにこの土地を買い取るお金ができなかったら、地主に返す約束してるんだもの。しかたないさー」

みんたまーの声が明るいだけに、淋《さび》しさが募る言葉だった。ぐなぁがちいさな声でいった。

「あの、いったいいくらくらいなの」
「一千飛んで五百万さー」
一泊千五百円のドミトリーを貸していたのでは、とてつもない数字だろう。デニスがにやりと笑って、白洲をにらんだ。
「よう、白洲、あんたならそれっぽっちの額は、年収の三分の一くらいのものだろう。どうだ、ぽんっとだしてやったら」
白洲も負けずに笑みを返した。
「利回りがいくらになるのか、きちんと納得ができるなら、貸してあげてもいいです
よ。でも、ここは投資効率が期待できるような物件じゃなさそうだ」
デニスは歯をむきだしにして獰猛《どうもう》に笑った。
「ははは、金持ちはみんなあんたみたいに口先だけなんだ。この世界にあるどんなも
のより、自分の金が大切。それが金持ちってやつさ。ハート・オブ・ゴールドを金で
売っ払ったやつばかりだからな」
白けた空気が夜のウッドデッキに流れた。白洲は肩をすくめていった。
「ぼくは明日の朝東京に帰るから、お先に失礼します。おやすみ、キャサリン、ぐな
ぁ、がんちょーさん。みんたまーさん、このゲストハウスがなくなるのは、ぼくだっ
て残念ですよ」

白いシャツの背中が建物のなかに揺れながら消えていく。

デニスがつぶやいた。

「金持ちは自分のほうにやばい話が回ってくると、真っ先に逃げ出すもんだ。ああ、嫌だねえ」

俊明は思いついて質問してみる。

「デニスさんは金持ちについてよくわかってるみたいですね。どこでそんなに裕福な人たちと知りあったんですか」

デニスは突きだした腹のうえのギターを乱暴に二、三度かきならした。俊明にはこたえずに、みんたまーにいった。

「よう、おれあてになにか連絡はきてないよな。人も尋ねてきてないな」

みんたまーが三線をこつんこつんと硬く鳴らした。

「誰もなにもきてないさー」

「そうか、それならいいんだ」

キャサリンがふらふらと立ちあがった。

「ねえ、みんなで浜にいかない？」

「いいですねえ、がんちょーさんはここのビーチの名物まだ見てないでしょう。いっしょにいきましょうよ」

そういうぐなぁはすでに人数分の缶ビールを胸に抱え始めた。五人はウッドデッキをおりて、ガジュマルの森を抜けた。半円形の暗い浜が一段と濃い紺の海を抱いて広がっている。星空は東京とは比較にならない明るさだが、昼間見た海と別に変わったところはないと俊明は思った。

「波打ち際にくるといいさー」

みんたまーがくるぶしを波に洗われ叫んだ。俊明はぐなぁから缶ビールを受けとり、生ぬるい夏の夜の海に足を踏みいれた。デニスがいう。

「よく見てろよ」

足元をじっと見つめる。しばらくすると、足のあいだを細かな流星のような光が流れていった。海水から足をあげるとその光がゆっくりとつま先のほうに肌の表を落ちていく。これはいったいなんだろう。ぐなぁがいった。

「ここのゲストハウスの名物の夜光虫だよ」

暗さに目が慣れて見ると、砕けるちいさな波頭が帯のようにぼんやりと光っていた。ビーチに青い光の弧ができている。俊明は足元の光から顔をあげて、空を仰いだ。天にも海にも細かな光の粒があふれている。いつも自分が働いている場所を半日分も離れれば、これほど美しい場所がある。それがひとつの救いであるような気がして、缶ビールを開けてひと息で半分ほどのんでしまった。沖縄の星空のした、足を夜光虫に照らされてのむビールは、文句のつけようがない。

「おーい、ぐなぁ、ビールが足りないぞ。ちょっととってきてくれ」

デニスの酔っ払った声が夜のビーチに響いた。

「はーい」

つかい走りのような扱いにも、最年少のぐなぁは素直に従った。大人しく、気のいい青年だ。

その夜はそのまま浜のみになだれこんだ。いつお開きになったのか、俊明は覚えていない。南の島がもたらした錯覚かもしれないが、ひどく幸福な夜だったことだけは確かだ。


目が覚めたとき、布団のなかが砂でざらざらしていた。浜から帰って、そのまま倒れるように眠ってしまったようだ。俊明は起きあがると、ふらふらと個室をでた。ひどくのどが渇いている。

階段をおりて、ダイニングルームをのぞいた。キャサリンとぐなぁとみんたまーが真剣な顔を寄せあっている。キャサリンの横には、トロリーケースが立てかけられていた。白洲だけでなく、キャサリンも宿を離れるのだろう。一泊をともにしただけなのに、俊明はひどく淋しく感じた。

「……ですが、社長」

きいたことのない男の声が裏のウッドデッキから響いてくる。なにかいい争っているようだ。俊明は声を低くしていった。

「どうしたの、みんな」

ぐなぁが俊明に会釈した。

「デニスさんにお客がきたんだ。スーツを着た男の人がふたり。外に車がとまってるよ。それで、デニスさんのことを社長って呼んで、ずっとなにか話してる」

俊明は目を丸くした。あの筋金いりの金持ち嫌いの中年ヒッピーが社長？　どこかの企業のトップが、あれほど切ない「ハート・オブ・ゴールド」をうたえるものだろうか。人は見た目ではわからなかった。みんたまーが不思議そうにいった。

「スーツの人はカッティングエッジ・フィルムとかいってたさー。ＩＴとか、写真とかの関係かなあ」

その名前はどこかできいたことがあった。独立系の映画制作会社で、一昨年は日本の映画賞を独占するようなヒット作をつくっていたはずだ。社長が氏名と職業を偽って雲隠れする。俊明にもだいたいの事情は予測がついた。世界中で吹き荒れた金融危機が、一瞬でちいさな制作プロダクションを吹き飛ばしたのだろう。

「……そういうことかあ」

映画の制作費をかき集めるためには、たくさんの投資家を口説かなければならない。デニスの金持ち嫌いは、すべて実地の裏づけがあったのだ。

「なにがそういうことなのさー」

みんたまーにきかれて、俊明はざっと自分の推測を説明した。ぐなぁとキャサリンも驚きながらうなずいている。夜逃げをしたプロダクションの社長というのは、確かに予想外の展開だ。

そのとき、ダイニングに色あせたアロハシャツを着たデニスがやってきた。うしろにスーツ男をふたり従えている。

酒に焼けたがらがら声でいった。

「おはずかしいところを見せて、すまなかったな。どうやら、おれが東京にもどらないと、面倒なことになるらしい。裁判とかな。もう潰《つぶ》れたプロダクションや、流れた企画なんて、どうでもいいんだがな。まあ残務整理だ」

照れたように笑って、デニスがみんたまーのところにいき、握手を求めた。

「ずいぶん長いあいだ世話になったな。なあ、みんたまー、おれも金はないけど、いつかつぎの映画つくるから、あんたもここのゲストハウス、潰さないようにがんばってくれないか」

みんたまーはおおきな目をさらに見開いていった。

「それは、わたしだってがんばりたいさー」

デニスは手をあげて、その先をさえぎった。

「いや、金なんて、あきらめなきゃどうにかなるもんだ。おれは会社を潰したの、これで二回目だから」

豪快に笑って、中年男がその場にいる宿泊客を見まわした。俊明はあっけにとられて、デニスを見ていた。この男なら金融危機も、二度目の倒産もいつか乗り越えてしまうのかもしれない。

「キャサリン、ぐなぁ、がんちょー。この宿でおれと会ったのは秘密にしといてくれ。週刊誌に書かれるの嫌だから。また、いつか浜のみしような」

デニスはサンダルばきで外に待たせた車にむかった。

「すみません、チェックアウト、お願いします」

若いほうのスーツ男が、みんたまーに声をかけた。みんたまーは男といっしょにロビーに消えた。

キャサリンが携帯電話を開いて、時間を確認した。

「わたしは、そろそろバスの時間だからいくね。あっ、そうだ」

渋谷のマネキンがピンクの財布から名刺を二枚抜きだした。ぐなぁと俊明に手渡してくれる。会社の電話番号のしたに、手書きで携帯メールのアドレスが書かれていた。

「また、東京でのもうよ。なんだったら、うちの店のかわいい子を呼ぶから、渋谷で合コンでもしない？」

ぐなぁがぴょんとその場で跳びあがって叫んだ。

「やったー、ぼくの人生初合コンだ」

にこりと一度だけ笑って、キャサリンはまた元の無愛想にもどった。がらがらとキャスターの音を響かせて、ダイニングをでていく。

「みんな、いっちゃうね」

ぐなぁの声をきいただけで俊明も身体のなかが空っぽに感じた。リゾートは明るい分、淋《さび》しい。

「ねえ、まだ早いけど、浜のみにいかない？　ぼく、がんちょーさんにきいてほしいことがあるんだ」

昼まではまだ時間があるが、軽い二日酔いを冷えたビールで撃退するのもいいだろう。キッチンの冷蔵庫から、二本ずつ缶ビールをもって、俊明はぐなぁと海にむかった。

サングラスをしなければ、目を開いていられないほどの光のビーチだった。夜光虫や星の明かりなど、いくら集めてもかき消されてしまうだろう。砂は焼け、空は青く抜け、雲は内側から破裂するように湧きあがっている。

缶ビールを開けて、ガジュマルの葉陰で乾杯した。冷たい矢がのどを一直線に落ちていく。身体のなかで感じるこの冷たさが、ビールの命だ。

「がんちょーさん、ぼくはここのゲストハウス買おうかなって思ってる」

俊明の手が空中で停止した。缶ビールはななめに傾いで、ちょうど水平線を隠している。

「……どういうこと？」

そう返すのがやっとだった。中年ヒッピーのデニスが映画制作会社の社長というだけで驚きなのに、フリーターのぐなぁがどこかの大企業の御曹司だなどという偶然が重なるものだろうか。

ぐなぁの声が一気に切なくなった。砂に落ちた影を見つめ、うつむいたままいう。

「ぼくは高校中退の引きこもりなんだ。正式には中卒だよ」

きっとぐなぁにとっては高層ビルから飛び降りるほどの告白だったことだろう。俊明はビールをひと口のんで、のどを潤した。

「自分の部屋のなかで、パソコンとテレビを見てるだけの毎日だった。一週間が一日で、ひと月が一週間みたいだった。気がつくと、みんなは高校や大学にいって、社会人になっているのに、ぼくはひとり自分の部屋から一歩も出られなかった。思い出すだけで苦しくなるよ」

「そうだったのか」

なにもいうべき言葉が見つからなかった。俊明は辛抱強く焼けつく沖縄のビーチで、ぐなぁの告白を待った。

「あれは三年目かな。ぼくはもう普通の人として、この世のなかで生きていくのをあきらめたんだ。でも、お金がなくては生きていけないよね。それで、必死になってお金の勉強を始めた。お金がこの世のなかでどんなふうに流れているか。経済とはなにか。マーケットとはなにか。必死で勉強して、ぼくは資本市場から直接利益を上げる方法を身につけた。最初の投資資金は、それまでずっと貯めてたお年玉の銀行預金だよ。ぼくが十八歳のときに七十六万円あった」

ぐなぁが引きつったような笑い声をあげた。自分をあざ笑ったのだろうか。

「ぼくは自分の部屋から一歩も出られなかったくせに、なぜか投資に関しては適性があったみたいなんだ。あれから五年間で、ぼくの資金は約六百五十倍になった。普通のサラリーマンの生涯賃金を超えたんだ。フリーターなら五人分くらいになる。でも、ぼく自身はずっと不安でしかたないんだよ」

ぐなぁの個人資産は五億円弱というところだろうか。俊明には夢のような数字だ。宝くじの一等を二回当ててもおいつかない額である。

「それはちょっと……すごいな」

ぐなぁが顔をあげて、まっすぐに俊明を見つめた。

「そんなもの、なにがすごいの。証券会社のハードディスクにはいってる、ただの数字にすぎないよ。ぼくには先輩も後輩もいない。入社式も、新歓コンパも、研修も受けたことがない。会社のなかでどんなふうに挨拶《あいさつ》をしたらいいのかもわからないし、通勤をしたこともない。ぼくは思うんだけど、富はただの金だけじゃなくて、社会のなかで積んでいく経験でもあるんだよ。人といっしょに働ける。たくさんの人と関係を続けられる。そういう社会的な富っていうのがあるんだ」

俊明はのらりくらりと働いてきた十年間を思った。自分は短いとはいえないこの時間に、きちんと社会的経験を積み上げてきたのだろうか。あまり自信はなかった。社会的な富は通帳に一行で簡単に印字できないのだ。自分の豊かさが、自分でもわからなかった。ぐなぁの声はさらに切なさが増していく。吐き出すようにいった。

「ねえ、がんちょーさん、わかる？　ぼくはただ金を持ってるだけの貧乏人なんだ」

俊明の身体のなかに稲妻が落ちたようだった。富といえば金のこと。毎日の仕事に追われるうちに、自分の考えはなんと浅く、狭いものになっていたのだろう。けれど、それは自分だけでなく多くの日本人も同じことだ。無限にある富の種類のうち、GDPと生涯賃金くらいしか切実に感じられない。最近はそれに財政赤字が加わったが、どれもただの数字にすぎなかった。人のほんとうの豊かさを示すには、あまりに単純すぎる数ばかりだ。

「ぐなぁはすごいな」

俊明から自然に感嘆の言葉が漏れた。すごいのは五億円を投資で生み出したことではない。そのうえで自分の貧しさに気づく公平さを保ち続けたことだ。ぐなぁは巨額の資産にも心のバランスを崩していなかった。

「すごくなんかないよ。ぼくは女の子とつきあったことも、フルタイムで働いたことも、人生の目標もないんだ。今回の投資だって、ひどいもんだよ。世界中の人がソブリンリスクと景気の二番底懸念で震え上がっているときに、マーケットを売り崩して稼いだ。みんなが損をしているなか、十七パーセントの利益をあげた。ぼくが稼いだような金が、リーマンショックみたいに世界中に影響するんだ。デニスさんの会社が倒れたのも、もしかしたらぼくみたいなハイエナ人間のせいかもしれない」

投資にどこまでモラルを求めるべきなのか。それは東欧や南欧の問題を考えるまでもなく、解答が困難なものである。だが先進国の投資マネーが今も、ほとんどの途上国の成長の原動力であることは事実だ。どれほど強欲でも、投資がなければ成長はない。俊明はこれでも経済学部卒である。一方的に市場が悪いという偏見には賛成できなかった。

「ところで、ぐなぁ、このゲストハウスを買って、どうするつもりなんだ」

小柄な青年が首を傾げた。遠くに積乱雲がまぶしく育っている。

「わからないよ。でも、今のまま営業を続けて欲しいな。それに、ぼくはただお金を持ってるだけでなく、そろそろそのお金をつうじて、誰かと結びつく経験が必要だと思うんだ」

俊明は別れたガールフレンドのことを考えた。彼女も大切な自分の富だったのだろう。別れはしたが、きっと彼女も自分も、その恋をつうじて豊かになったはずだ。

「もう、ぐなぁは貧乏人とはいえないいな」

笑いながら俊明はいった。海風が吹いて、髪を冷ましていく。なんだか大声で笑いたくなるほどいい気分だった。

「だって、もうすぐゲストハウスのオーナーになるし、初めての合コンで彼女だってできるかもしれないだろ」

ぐなぁも笑った。いい笑顔だ。

「そんなことになったら、ほんとに最高だけどなあ。ねえ、がんちょーさん、どうしてぼくはここのゲストハウスにきたかわかる？」

俊明は寄せては返す波を見た。その先の緑の海と、青い空。世界は単純で完璧《かんぺき》だった。ぐなぁの質問はあっさり無視する。今はビールをのむだけで十分だ。

「まあ、どうでもいいんだけど、『じんくる』って沖縄の言葉で心とお金っていう意味なんだ。それで、なんだか相場の運がつきそうだなって、この宿を選んだ。だからさ、デニスさんが『ハート・オブ・ゴールド』をうたったときには、ほんとにびっくりしたよ。ああ、ここにも心とお金を探している人がいたんだって思った」

俊明はもう笑っているだけだった。もう一本の缶ビールを空けたら、ゲストハウスにもどって、目玉のみんたまーにいい報告をしてやろう。ぐなぁはきっといいオーナーになるだろう。自分も毎年夏にはここにきて、ほんとうの意味で働くことと人生の富について考え直すようになるかもしれない。それはただがむしゃらに働くだけでなく、誰もが一年に一度くらいはきちんと考えておくべき問題なのだ。

だが、今はこの海風に吹かれていよう。人の心と金という名のついたゲストハウスに帰るまで、まだ冷えた缶ビールが一本半残っている。

23時のブックストア

制服の長袖《ながそで》シャツは白とブルーのストライプだった。エプロンは丈夫なオフホワイトの帆布製である。書店の仕事は段ボール箱をかかえて、右に左にと動きまわる肉体労働なのだ。おしゃれな制服になどなるはずがなかった。

本谷《もとや》弓佳《ゆみか》はレジのなかにいた。東京近郊の私鉄駅まえにある中型のチェーン店である。社員は五人で、アルバイトは十六人。弓佳の担当は、この地域ではあまり売れゆきの期待できない文芸書のコーナーである。

今日も長い一日だった。壁の時計はもうすぐ夜十時半。営業時間は夜の十一時までなのだ。そんな時間でも蛍光灯に照らされた明るすぎる店内には、かなりの数の客がいた。誰もがくたびれた印象なのは、自分の目が疲れているせいかもしれない。

レジまえの一番目立つ平台に若い女性が立っていた。千鳥格子のロングコートに流行の黒いブーツ。マフラーは萌《も》えるようなグリーンである。二十代前半のきれいな女の子だった。細い指先が弓佳がPOPを書いた好きな作家の新刊に伸びる。

（その本はすごくおもしろいラブストーリーだから、ぜひ読んで）

平静な表情でレジのなかからテレパシーを送る。彼女はぱらぱらとページをめくり、すぐに本を元にもどした。残念ながら平凡な書店員の自分には、好きな本を買わせるほどのテレパシーはないようだった。

　ガラスの自動扉を抜けて、若い男がやってきた。ダッフルコートにジーンズ。マフラーはまたも萌えるようなグリーン。男はまっすぐにレジのまえにやってきた。

「ごめん、待った？」

「ううん、だいじょうぶ」

　弓佳はずっとレジのなかにいたので、彼女が二十分近くこの店のなかをうろうろしていたことを知っている。

「なにか本を買わなくていいの」

「いい。別に読みたい本ないから。最近、おもしろい本ないよね」

　そんなはずはないと、弓佳は思った。いい本はいつの時代にだって、必ずある。探し続ける気もちさえあれば、必ずいい本にぶつかるはずなのだ。毎日新刊の洪水のなかで溺《おぼ》れそうな自分でさえ、やはり月に何冊かは心を動かされる本に出会っている。四六時中紙にふれているせいで、指も手も脂が抜けてかさかさだが、それでもこの仕事が好きだった。

　弓佳はある作家が自分の本のあとがきで書いていた言葉を思いだした。

（この本があなたの手に届くまでには、「仕事だけじゃこんなたいへんなことやって

られない、やっぱり本が好きだからなあ」という名前の複雑なシステムが介在しています）

作家のようにいつも華やかなライトを浴びているわけではない。大手出版社の編集者のように会社の経費でご馳走《ちそう》をたべたり、のんだくれるわけでもない。それでもこうしてエプロンをつけて、ほこりまみれで働いている自分も、読者の元へ本を届けるというおおきな仕事の一翼をになっているのだ。疲れているときは、悲しくなったり、きつく感じることもあるけれど、誇りをもって続けている仕事である。

若いふたりは手をつないで、夜の街にでていった。弓佳が最後にデートをしたのは、もう二年もまえになる。書店の仕事と本を読むことだけで、気が遠くなるような時間がすぎてしまったのだ。

「最近、この店、よくデートの待ちあわせにつかわれてますね」

明るい声がカウンターのむこうからきこえてきた。大学生のアルバイト、成島瑞樹《なるしまみずき》である。小柄でやせていて、本がはいった段ボールを運ぶときなど、足元がふらふらすることがあった。体力がないのだ。

「ほんと、せめて一冊くらい買ってくれればいいのに」

「さっき、井島多良《いじまたら》さんの新刊、手にとってましたよね。あれ、おもしろかった。本谷さんてPOP書くのうまいですね」

書店員といっても、誰もが本が好きで、こまめに新刊をチェックしているわけではなかった。ハンバーガーやジーンズなどと同じように、ただの商品として扱っている社員もいる。だが、瑞樹はめずらしくよく本を読んでいるアルバイトだった。

とり立ててハンサムではないが、嫌な癖を感じさせる顔ではなかった。服装の趣味もなかなかいい。大学はそこそこの私大の法学部で、成績も悪くはないようだ。弓佳とは本の趣味があって、新刊情報などはこの書店にいる誰よりも熱心に交換している。

「今度の直木賞の候補は誰になるかな、本谷さん、予想つきますか」

書店では芥川《あくたがわ》・直木両賞のときはとてもちいさな賭《か》けがおこなわれることが多かった。みんなが自分なりに受賞者を予想して、こづかいを張るのだ。もちろん文芸担当の弓佳には遊びだけではすまされない。受賞者が発表されてから注文をだしても遅いのである。自分なりの読みで先行して発注しておかなければならない。直近の二回は弓佳はちゃんと受賞者をあてて、営業成績に結びつけていた。

七歳年下の瑞樹が緊張した顔で、弓佳を見ずにいった。

「あの、本谷さん、あとで話があるんですけど」

最初は瑞樹がなにをいっているのかわからなかった。いつだって気軽に話しかけてきたくせに、なぜ急にあらたまっているのだろうか。つぎの瞬間、永いあいだ休んでいた弓佳の恋愛勘がもどってくる。これはもしかすると。なにげない振りを装って、七歳下のアルバイトにいった。

「うん、いいけど」

ほんとうはどんな用件があるのかとか、どういう気もちで職場の先輩を誘うのかとききたかったが、まもなく閉店を迎える本屋のレジのなか、弓佳は黙って明るい店内を見わたしていた。ここであまりがっついては、引っこみ思案の相手に逃げられることになる。弓佳は不思議なのだが、このごろの若い男性の多くには、恋愛にたいする熱があまり感じられないのだった。男たちの多くは書店の仕事も、肝心の書籍にも、恋愛や遊ぶことにも、あまり熱心ではない。それとも自分も相手からはそんなふうに見えているのだろうか。

「すみません」

レジに中年のサラリーマンがやってきた。軽く酔っているようだ。赤い頬でいう。

「なんだっけ、日本の危機がなんとかっていう、最近でた経済の本なんだけど」

レジまえにいた瑞樹がていねいに質問した。

「著者名か、出版社はおわかりになるでしょうか」

男は声をあげて笑った。

「ぜんぜんわかんないな。それを調べるのが、そっちの仕事だろう」

またむちゃをいう客だった。日本で一年間に刊行される書籍の点数は、七万以上ある。よほどのベストセラーをのぞいては、すぐにわかるはずがなかった。瑞樹がうなずいていった。

「では、経済書のコーナーにご案内しますから、こちらにどうぞ」

なにひとつきりだせずにいるうちに、瑞樹はいってしまった。弓佳が明るい通路を遠ざかる瑞樹の背中を眺めていると、七歳下のアルバイトはレジのほうをちらりと振りむいて、肩をすくめて見せた。こちらはこんなに胸をどきどきさせているのに、ひどく余裕のある態度である。ベテランの正社員はレジを放りだして帰ってしまおうかと一瞬思った。


明かりの消えた書店のまえで待ちあわせて、ふたりがむかったのは駅まえで朝の四時までやっているカフェバーだった。都心にあるもののようにおしゃれではない。ホワイトボードにその日のおすすめ定食がでているような店だった。ふかふかの椅子は赤いビロードだ。弓佳は席に着くと早速いった。

「話ってなんなの。こんな夜中に呼びだすくらいなんだから、なにか理由はあるんでしょ」

緊張すると言葉がきつくなる癖が、子どものころから弓佳にはある。これで何人かの男を逃がしてきたのだが、生まれつきの性格は失恋くらいで直るものではなかった。

瑞樹は目を伏せていった。

「あの、本谷さんて、ボーイフレンドいるんでしょうか」

あごのとがった顔を赤くして、瑞樹が目をあげた。ひどく真剣な視線だった。急に恋の告白なのだろうか。普通、最初は世間話からはいるものではないだろうか。まだ注文した生ビールさえ届いていないのだ。

「いやー、それは、その、いないけど、どうして」

大学生相手にあわてている自分がいじらしかったが、二年も男がいないとは口が裂けてもいえなかった。

「大学にもまあまあの子はたくさんいるんですけど、本の話がちゃんとできる人はひとりもいなくて。ぼくは卒業したら、なんでもいいから本のまわりの仕事をしたいんです。だから、きちんとつきあうなら、本が好きで詳しい人がいいなあって……」

弓佳はひどくうれしかったが、声は冷静である。

「成島くん、わたしがいくつなのか、わかってるの」

「二十八歳」

「わたしは別に結婚願望は強くないけど、そういう年齢の女性とつきあうというのがどういうことか、わかってるの」

瑞樹は弓佳から目をそらさなかった。じっと力をこめて、弓佳をとらえる。まだ学生のくせにこの力はなんなのだろう。

「わかってますよ。本谷さんはまだすごく若いじゃないですか。年齢なんて、ぜんぜん障害にならないと思うけど。それとも、年下はダメだとかあるんですか」

「別にダメじゃないけど」

ダメじゃないけど、これまでに経験がなかっただけだ。最近ではたまに若い俳優を見て、かわいいなと思うことがあった。二十五歳をすぎるまでは、完全に年下を異性として見ていなかったのに。

「じゃあ、ぼくなんか、どうですか。好きな作家を十人あげて、そのうち七人が重なっていたなんて、本谷さん以外では誰もいなかったんです」

あのときは弓佳もほんとうに驚いた。それから本の貸し借りはオリンピックの卓球の決勝戦のような勢いで続いているのである。さて、これからどうしたらいいのだろうか。ウエイターがもってきた生ビールをもちあげて、瑞樹のジョッキと打ちあわせる。澄んだガラスの音をききながら、弓佳はゆっくりとイエスのいいかたを考え始めた。

リアルラブ？

「あっ、ヤス、そこ、いいみたい」

大崎加奈子《おおさきかなこ》が目を閉じたままそういった。夏の午後の日ざしがさしたベッドのうえである。シーツはひと月以上も替えていないので、しわくちゃのままふたりの汗のにおいを放っている。

谷内康弘《たにうちやすひろ》は特別なことをしているわけではなかった。正面からカナコとつながっているだけだ。左のふくらはぎがつりそうになったので、体重を右に移した。それでいつもとは違うところにペニスの先があたったのだろう。

「そう、左の壁のところ」

ヤスは無言で動いた。同じところをこすり続ける。カナコの手はおおきく開いて、シーツをつかんでいた。つながっているあいだも、その腕はヤスを抱くことはなかった。行為の最中ふれあっているのは、そのために必要な肉体のごく一部である。ヤスもカナコを抱くことはなかったし、口を閉じたままのキスさえめったにしなかった。ふたりのあいだには、その手の愛情の確認は必要ないのだ。ただの友達なのだから。

「きちゃう、きちゃう、……チーフ」

カナコの腰骨が嵐の波のようにヤスをのせたままうねった。しがみついたままヤスは動く。カナコの内部が強く収縮して、ヤスのペニスを捕らえた。赤ん坊の手にでもつかまれたようだ。この震えがくると、ヤスはいつも我慢できなくなる。

「…………」

カナコが声にならない声をあげて、ぐったりと力を抜いた。わずかに遅れて、ヤスはラテックスの薄膜のなかに射精した。日本製の新型モデルは優秀だった。0・03ミリ。確かにつけている感覚は限りなく薄い。

ふたりはしばらくじっと動かずにいた。ヤスは身体をカナコのうえに倒したが、両手を突いてカナコには体重をすべてあずけないようにする。荒い息を盗んでいった。

「ふう、よかった……カナコは、また、チーフのこと……考えてた、みたいだね」

カナコは短く、ふふっと笑った。

「わかった？」

「そりゃあ、わかるよ。だって、おおきな声でチーフって、叫んでいたもの」

カナコの手が、音を立ててヤスの汗で濡《ぬ》れた背中に落ちてきた。

「あの最中に叫んだことを、いわないでくれる。理性がぶっ飛んでるんだから」

「はいはい、わかりました」

ヤスはコンドームの根元を押さえながら、ペニスをゆっくりと抜いた。精液溜《だま》りはしおれた風船のように先にさがっている。

「ねえ、今、何時」

ティッシュをつかいながら、カナコがいった。ヤスは腕時計を見た。大学にはいるときに父にもらったロレックス・エクスプローラーだ。

「三時半」

カナコは勢いをつけて上半身を起こした。

「じゃあ、急げばシャワーを浴びる時間あるね。お先に」

高校時代はバスケットの選手だったというカナコの身長は百七十五近くある。ヤスよりも十センチほど高いのだ。雄大な尻《しり》が左右にやわらかに揺れて、ワンルームのユニットバスにむかう。ヤスは山も谷も影もある背中の広がりに声をかけた。

「早くしてくれよ。バイトに遅刻するの、嫌だから」

カナコは背中越しに女とは思えないごつい手を振るだけだった。


ヤスがひとり暮らしをする部屋は、中目黒駅のそばだった。中目黒なのになぜか西銀座商店街と名前のついた通りを一本はいったワンルームマンションである。四時十五分まえに、ふたりは部屋をでた。自転車のペダルを踏んで走りだす。夏の夕方、シャワーを浴びたあとで自転車にのるのは爽快《そうかい》だった。セックスのあとなので、身体も軽い。

ヤスはうしろの荷台にのったカナコに声を張った。

「だけど、ぼくたち絶対につきあってるって、チーフには思われてるよな」

ばしっと音を立てて、カナコの手が背中に飛んできた。

「なにいってるの。それはちゃんと否定して、チーフの情報つかんでよね」

「わかってるって。だけど、ノルベルトで会うなんて、びっくりだよな」


ノルベルトは代官山にあるカフェだった。旧山手通《きゅうやまて》りに面した大箱の店で、広いオープンテラスもあり、流行のレストランウエディングで週末はにぎわっている。ヤスとカナコはその店にほぼ同時期にアルバイトではいった。

学部は違うが、同じ大学なのでおたがいに顔だけはしっていた。新米のウエイターとウエイトレスが親しく口をきくようになるまでは、さして時間はかからなかった。同じシフトで店をでて、代官山の駅にむかう途中でカナコはいったのだ。

「チーフって、結婚してるのかな」

ノルベルトにはキッチンとフロアにひとりずつチーフがいる。そのうえに店長がいるのだが、めったに店の奥にある事務室から顔をださなかった。カナコがいったチーフはフロア長の宮元直哉《みやもとなおや》のことである。

「噂では五年くらいまえにできちゃった結婚したみたいだよ」

つまらなそうにカナコがいった。

「ふーん、それで相手は」

「いや、ぼくも正確にはしらないけど、そのころ店で働いていたウエイトレスの女の子らしい」

「そうかー」

大柄なカナコが背伸びをすると、自分よりずっとおおきく見えた。ヤスは背が低いのがコンプレックスだったので、昔から背の高い女性が好みである。

「その口ぶりだと、カナコは宮元さんに気があるのか」

へへっと笑って、元バスケット選手はいった。

「ほら、うちの店って、入口から奥のカウンターまでけっこう距離があるでしょう。わたし、最初に面接にいったとき、顔がちゃんとわかるまえにチーフの全身のバランスを見て、ビビビッてきちゃったんだ。なに、この人、カッコよすぎるって」

宮元は背の高いカナコよりもさらに十センチほどおおきかった。手足は棒のように細くまっすぐで、外国映画のスクリーンで見るようなバランスをしている。

「それで近くにいったら、わたし好みのひと重の細い目だった」

ヤスはカナコの正直さに苦笑した。

「で、ひと目ぼれした」

「そう」

ふざけて、軽口をたたいた。

「で、その相手に妻子がいるのが今わかった」

「そう」

「残念でした」

カナコが急に立ちどまった。はずみで一歩先にでていたヤスが振りむくと、真剣な表情でいう。

「ねえ、ヤス、のみにいこうか」

ひどく酔っ払ったカナコとヤスが初めてセックスしたのは、その晩のことである。


ふたりのりの自転車は中目黒から代官山にのぼる急坂にさしかかった。

「がんばれ、ヤス」

背中でカナコが叫んで、ヤスは全力でペダルを踏んだ。それでも半分ほどのぼったところで、勢いをなくした車輪はとまってしまう。

「なんで、そんなに重いんだよ」

カナコはやせているヤスよりも明らかに体重はありそうだ。

「あんたこそ、なんでそんなに脚力ないの」

ヤスはずっと文科系で、スポーツの経験はほとんどない。いつも坂のこのあたりで自転車はとまるのだった。歩道でハンドルを押しながら、坂道をのぼっていく。右手の車道を外国車がうなりをあげて駆けていった。このあたりの車は半数以上がヨーロッパ製だ。

いたずらっぽくカナコはいう。

「今日はマダムはくるかなあ」

「その話はいいっていってるじゃないか」

横目でヤスを見て、カナコはいった。

「別によくないよ。チャンスがないかどうかはわからないじゃない。むこうはヤスのこと、けっこうお気にいりみたいだよ」

マダムの名は藤浦《ふじうら》だった。ファーストネームはまだしらない。天気のいい昼さがりには毎日のようにちいさなパグを連れて、ノルベルトにやってくる常連だ。住まいは渋谷南平台《なんぺいだい》のようだった。都心でも有数の高級住宅地である。

「なんでお気にいりだって、わかるんだよ」

マダムはヤスが実際に会った女性のなかで、一番きれいな人だった。夫がかなり年上らしいことは接客のついでにききだしている。

「だって、ヤスがいないとき、わたし、いわれたもの」

期待していると思われないように、ヤスはそっぽをむいたままいった。

「なんて」

「今日はヤスくんは休みなの。このお店にきて、ヤスくんの顔を見ないとなんだか調子がでないってさ。やったじゃん」

そういうとカナコはヤスの背中をたたいた。マダムの背はカナコに負けないくらい高いが、女性としてのうるおいは比較にならなかった。見ているだけで切なくなるような魅力は、若いカナコには望めないものだ。

「でも、相手は人妻だよ」

「チーフだって、人のダンナだよ」

そういわれると、返事に困ってしまう。だいたい人を好きになるのに、相手が結婚しているかどうかが関係するのだろうか。見わたせば、いい男といい女はほとんど先約ずみである。カナコがさばさばといった。

「だから、ちゃんと共同戦線を張らないとね。わたしはマダムから情報を引きだし、ヤスはチーフのインサイダーになる」

坂道をのぼりきると、旧山手通りだった。カナコが荷台に飛びのり、自転車がきしみ声をあげた。

「さあ、今日もばりばり働こう。恋とお金と両方手にはいるんだから、バイトってやめられないよね」

カナコがこんなにまえむきになれるのは、なぜなのだろう。ヤスは不思議に感じたが、しっかりとペダルを踏んで、並木道の歩道を走りだした。


「チーフのお子さんて、今いくつなんですか」

カウンターにふれないように背を伸ばして立ち、ヤスはとなりのチーフに話しかけた。フロア長はテーブル席に広く目を配りながらいう。

「四歳がひとり。あとはゼロ歳未満」

意味がわからなかった。

「未満って……」

「うちの奥さんが妊娠中でね。今八カ月なんだ。秋には二番目の子どもが生まれる。よかったよ。うえの子とあまり年が離れないほうがいいと思っていたから」

「へえ、男の子なんですか、女の子なんですか」

「最近の医者は胎児の性別は教えてくれないんだ。どっちが生まれても、授かりものだと思ってよろこべってことなんだろうな。ヤスくん、六番さん、灰皿を替えてきて」

カウンターに積まれた金属の灰皿をとって、壁際のテーブルにいった。白いシャツに蝶《ちょう》ネクタイ。ギャルソンのエプロンをつけたときのヤスの身のこなしは、なかなか鋭い。すれ違いざまにカナコがいった。

「チーフ、なんだって」

「子どもはひとり半」

「半ってなによ」

「ふたりめは妊娠中」

カナコの笑顔が軽くひきつった。ヤスは灰皿をとり替えて、カウンターにもどった。客のいりは平日の夕方なので、三割ほどである。手もち無沙汰《ぶさた》にしているアルバイトが多い。思い切っていった。

「チーフ、今度遊びにいってもいいですか。カナコもいっしょなんですけど」

カウンターの端にならべられた伝票を確認しながら、宮元はいった。

「いいよ。うちのも妊娠後期であまり出歩けなくてね。いつも退屈だっていってる。火曜日にでも遊びにくるといい」

遠くでカナコがこちらを見ていた。ヤスが腰のあたりで右手の親指を立てると、営業用のスマイルがほんものになった。ヤスも友人のよろこびを分かちあった。誰かが幸福そうにしているのを見るのは、いいものである。

そのとき、不細工なパグの鼻面が歩道をかぎまわっているのが見えた。ぴんと伸びたリードの先には、しなやかな手がある。サマードレスは日にさらされて脱色したような淡いブルーである。白い肌によく似あっていた。マダムは店内にはいらずに、テラスの隅に席をとった。リードは鋳鉄の椅子の脚に結んである。ヤスは顔をそむけた。カナコとの約束で、おたがいにもち場を替えたのである。ヤスはチーフを、カナコはマダムを担当するのだ。カナコはにこやかに笑って、氷水をのせた盆をもって、店の外にでる。木漏れ日にグラスがきらきらと光っていた。

ふたりはなにか話しあっていた。暑いのでテラス席には、ほとんど客はいない。このカフェの接客はフレンドリーだった。常連との会話を注意されるようなことはないのだ。冬になれば、ストーブをつけて、ひざかけをすすめるようなアットホームな店である。

遠くガラス越しにふたりの女が話すのを見ながら、ヤスの心は揺れていた。カナコがなにをいうかはわからない。けれども、今日はきちんと決定的なアクションを起こすのだといっていた。

笑いながらふたりがこちらを見ている。マダムと目があうと、ヤスは軽く頭をさげた。カナコが手を振っていた。マダムは日ざしがまぶしいのだろうか、目を細めてこちらを見ている。カナコは話しながら伝票に注文を書きこんでいた。

ほんの二分足らずのことが、ひどく長く思えた。じっと立っているだけなのに、ヤスの胸は全力疾走の勢いではずんでいた。カナコがカウンターの奥にいった。

「カプチーノひとつ」

カウンターの端に伝票をならべる。チーフがいった。

「今度、ヤスくんといっしょにうちに遊びにくることになったから。こっちは休みの日はくたくただから、子どもと遊んでやってくれ」

カナコはうれしそうにいった。

「はーい、わかりました、チーフ。たのしみにしてます」

チーフはバックヤードにいってしまう。カナコは木の扉のむこうに消える背中を見送っていった。

「いついくの、チーフの家」

「今度の火曜日になった。そっちは午後、授業もバイトもないだろ。ぼくも休める講義だから、代返を頼むことにした」

「そう、やるじゃん、ヤスのくせに」

テーブル席に注意を払いながら、ヤスは口の端でいう。

「くせにって、なんだよ。それより、そっちのほうはどうなった」

カナコは長い親指を立ててみせる。

「意外や意外で、うまくいきそう。そっちは明日だから」

マダムはじっとこちらのほうを見ている。すこし怒ったような表情なのが、気にかかった。

「カナコ、なにか変なこといってないよな」

「変なことはいってないと思うけど」

十四番のテーブルの客が手をあげた。この店の精算はテーブルですませるのだ。カナコが伝票をもって、カウンターを離れた。ヤスは話の続きをききたくてたまらなかったが、たくさんの小銭をもってもどったカナコはレジにいったまま、しばらく帰ってこなかった。

「チーフと話しちゃった」

声を殺して、ヤスはいった。

「チーフの話はいいんだよ。それより、マダムになんていったんだ」

カナコはまるで動じなかった。身体がおおきいだけでなく、変に度胸が据わったところがあるのだ。

「相手は大人だよ。まどろっこしいのは抜きではっきりいったんだ」

ヤスは悲鳴がでそうだった。

「なんて」

「ヤスが藤浦さんにあこがれていますって」

「それで」

「そうしたら、まんざらでもない顔をしたんだ。頬なんかすこし赤くなっちゃって。手を振ったときがあったでしょ、そのとき」

うれしくて、飛び跳ねてしまいそうだった。ヤスはじっと耐えて、なんでもない振りをした。

「それでさ、結婚してるから、ちゃんとつきあうのは無理かもしれないけど、一度だけでもいいから奥さんを抱きたいってヤスがいってたって伝えた」

ヤスはまた飛びあがりそうになった。胸が痛くなる。

「なんだよ、それ。そんなこといってないだろ」

カナコは眉《まゆ》をひそめて、うえのほうからにらんでくる。

「自分が覚えてないだけだよ。わたしとしてるときにいったじゃない。一度でいいから、マダムとしてみたいって」

胸のなかで心臓がしおれていくようだった。目をあげると、歩道に面したテラス席では、マダムがカプチーノをすすっていた。これはすべて現実なのだろうか。

「あの最中にいってることを、そのままいうなっていったのは自分じゃないか」

カナコは平然といった。

「結果がよかったんだからいいじゃない」

信じられなかった。ヤスは恐るおそるいった。

「あの人がＯＫしたのか」

淡いブルーのサマードレスの裾《すそ》が夏の風に揺れていた。ゆるく巻かれた髪はたっぷりと流れ落ちて、形のいい顔立ちを隠している。

「マダムはああ見えて、けっこうやる人だよ。ちょっと迷ったけど、すぐに明日っていったもの。午後三時に神泉《しんせん》の交差点だって。がんばってきてね」


火曜日は朝から晴れて、昼まえに気温は三十度を超えた。ヤスとカナコは手にデパートの袋をさげて、駒沢《こまざわ》公園を歩いていた。空はマンションだらけの地平線の近くに淡い雲を浮かべているだけで、からっぽの青い皿のように頭上に広がっている。チーフのマンションは深沢《ふかさわ》だった。渋谷駅の近くのデパ地下で割り勘で買ったのは、冷えたスイカと生ハムにスパークリングワインである。

「それでさ、あの日はどうだったの」

カナコは興味津々である。ヤスは空を見た。青は悲しい色だ。

「時間どおりに交差点にいった」

「それで、それで」

あの日は今にも雨が降りだしそうな曇り空だった。目のまえにとまったのはその空と同じ銀色のドイツ製の自動車だった。

「買いもの用のちいさなメルセデスにのって、マダムがやってきた。サングラスをかけていたよ。マダムの名前は由莉香《ゆりか》さんっていうんだ」

「へえ」

あまりの暑さに木々の枝も力なく垂れさがっていた。子どもたちは噴水まえの広場で元気よくサッカーボールを追っている。

「最初はまずカフェにでもいくのかと思った」

「違ったんだ」

「ユリカさんはごめんね、今日はあまり時間がないのっていった。それで車はまっすぐに五反田《ごたんだ》にむかった」

ははははとカナコが笑った。

「ラブホかあ。マダム、大胆」

「笑いごとじゃないよ。こっちは初めてのふたりきりで緊張してるのに、ほとんど会話もなしで、いきなり五反田のホテルだよ」

カナコが横目でヤスを見ていった。

「なんだよ。わたしのときにはロマンチックな会話なんてしないじゃん」

「あたりまえだろ。恋人でもないのに、そんな気もち悪いことできるか」

「いいから、いいから。それでビニールののれんがさがった駐車場に、マダムの車は突入した」

「そうだよ。ホテルの部屋はマダムが選んだ。一番広くて、一番高い部屋だった。最上階の八階」

カナコはぶんぶんと生ハムのはいった袋を振りまわした。身体はおおきくても、重いスイカとワインをもつのは男のヤスの役割だった。

「なんだか、未成年男子の見る夢みたいだね」

「どこが。悪夢だよ」

「どうしてさ。やることはやったんでしょ」

「やったとかいうな。全部、カナコのせいなんだからな。部屋にはいって、ふたりきりになったとたんに、ユリカさんは変わったんだ」

カナコはにやりと笑った。

「マダムからアニマルになったとか」

口を開いて舌をだし、マダムは最初のキスを求めてきたのだ。目はヤスではなく、遠く自分のなかに口を開けた欲望だけ見ているようだった。

「そうだよ」

会ったときから違和感をもっていたヤスは、そこで急に自分の身体が冷めていくのを感じた。

「それで、どうなったの」

「だから、やったって。それで、おしまい」

実際には最後まではできなかった。カナコには口が裂けてもそんなことはいいたくない。下着姿のマダムに迫られ、口で可能にしてもらったのだが、行為の最中に充実感は失われてしまった。ヤスの生涯初めてのインポテンツである。なにを試みても、もう再び可能になることはなかった。カナコはヤスの肩を突いていった。

「むこうはなんていってた」

「おたがいにいい思い出にしましょう。また、お店で会ったら、素敵な音楽の話をきかせてねって」

カナコはため息をついた。

「ふー、そうか。大人の台詞《せりふ》だね。それで、あれから四日たっても、カフェにはぜんぜん顔をださないっていうわけか」

「そう」

「でも、やることはやったんだから、いいじゃん」

ヤスは泣きそうだったが、強がりをいった。

「だから、やったとかいうなよ。こんなことなら、カナコと共同戦線なんて張らなければよかった。マダムは遠くから見ているほうがずっとよかったよ」

十センチほど小柄な大学生の頭をカナコがくしゃくしゃになでた。

「失恋したの、ヤス」

「うるさい、そんなんじゃないよ」

「無理しちゃってさ」


たのしげだったカナコの顔色が微妙に変わったのは、マンションの扉が開いたときだった。

「いらっしゃーい」

チーフの奥さんがボールでも抱えるようにおおきな腹に手をまわして、ドアを開けてくれた。足元には四歳にしては小柄な男の子が張りついている。マンションの狭い廊下をチーフが短パンにTシャツ姿でやってきた。

「遠慮せずに、あがってくれ」

ヤスは玄関でスニーカーを脱いだ。奥さんはいう。

「やっぱり若い恋人同士って、いいわねえ」

まだ外見は十分若いように見えたが、三十歳は越しているのだろう。チーフの妻はヤスよりも小柄で、愛くるしいタイプである。チーフが紹介してくれた。

「こちらが谷内康弘くん、それからガールフレンドの大崎加奈子さん。どっちもうちのフロアの大切な戦力だ」

妊娠中の妻が奥のリビングにむかいながら、背中越しにいった。

「わたしは百六十センチに五ミリだけ届かなかったから、背の高い人がうらやましいんだ。うちの彼がすごくおおきいでしょう。なんだかいつも見おろされてるようで、くやしくて」

ヤスはうしろを歩いてくるカナコの気配に注意しながら返事をした。

「ええ、ぼくもカナコにはいつも見おろされてる感じがします」

無邪気な表情で振りむいて、妊婦はいった。

「それにカナコさん、スタイルがすごくいいから。モデルさんみたい」

ヤスはカナコの顔をちらりと見た。まったく動くことのない笑顔。確かに腰骨の位置はヤスのへそよりも高いかもしれない。

「いや、カナコはただでかいだけですよ」

ばしっと音を立てて、てのひらが背中に飛んできた。リビングは十五畳ほどあるだろうか。駒沢公園の緑を見おろす窓辺には、準備よくベビーベッドがだされていた。子どものいる家独特の甘いミルクのようなにおいがする。ヤスはカナコの感情の波が心配でしかたなかった。すでに頭のうえには嵐の雲が発生しているようだ。

「これ、渋谷のデパ地下で買ったおみやげです」

紙袋をさしだす。幸福そうな妻は受けとるといった。

「ゆっくりくつろいでいってね。最近の大学では、どんなことが流行《はや》っているのか、あとで教えて。このごろずっと家にこもりきりだから」

ひとつだけのラブソファにヤスとカナコが座った。チーフは細いすねを投げだして、床のカーペットにじかに腰をおろしている。足のうえでは四歳の子どもがなにかを警戒する表情で、始終身体を動かしていた。

「おーい、ワイングラスとシャンパンだしてくれ」

妻が用意したチューリップグラスは店のものと同じようにクリアに磨かれていた。乾いたタオルで力をこめて二度ぶきしなければ、こうは光らない。さすがにチーフは接客のプロである。

「昼間にのむシャンパンって、ほんとにうまいよな」

気軽なホームパーティは、辛口のシャンパンから始まった。


ふたりがマンションをでたのは、日がかたむきだした午後六時近くである。チーフは夕食もたべていけといったが、ふたりは礼をいって断っている。狭い玄関では靴がはけずに、廊下にでてドアが閉まってから、ヤスはスニーカーにきちんと足を納めた。カナコは先にずんずんと歩いていく。

「待ってくれよ、カナコ」

カナコは待たなかった。エレベーターホールでもずっと閉じたままの扉をにらんでいる。ようやく口をきいたのは、駒沢公園にはいってからだった。水銀灯の青い光のした、夕方の木々は涼しげだ。

「子ども、ふたりか……」

夕風がシャツのなかをとおっていく。ヤスは漏らした。

「ヨシくん、かわいかったなあ」

カナコはヤスを無視していう。

「……ということは、最低でもセックス二回はしてるんだな」

「なにいってるんだよ。そんなに百発百中であたるか。もっとしてるさ」

カナコのてのひらが、かなり強めにヤスの背中に飛んできた。

「わかってるよ。いってみただけじゃん」

ヤスは黙ってしまった。カナコは夜の色に落ちていく空を見あげている。

「最初は敵陣を偵察するつもりだったんだけど、奥さんのお腹見たら、がっくりきちゃった。わたしより、ぜんぜん小柄だしさ。チーフはああいうちいさくて、かわいい人がタイプなんだな。そう思ったら、ばりばり落ちこんだよ」

かける言葉もない。ヤスは足音を立てないように、ゆっくりととなりを歩くだけだった。

「なんだか、世界っておおきな詐欺みたいだよね」

カナコが空に両手を広げた。突然おかしなことをいいだす癖がカナコにはある。

「あれもある、これもあるって山のようにきれいなページを見せてくれるけど、全部ただの広告なんだ。いざ、ほんとうにほしかったものに手を伸ばすと、絶対それは手にはいらない。愛だとか、切なくなるほど好きなんて気もちは、絶対続かないようにできてる」

広場で立ちどまって、カナコとヤスはおたがいを見つめあった。一番ではない二番目のふたり。恋する気もちのないただの友人同士。ヤスがぼそりといった。

「これから、のみにいこうか。今晩は徹底的につきあうよ」

昼間からのんだシャンパンとワインで、顔を赤くしたカナコがいう。

「もうお酒はいいよ。帰って、めちゃくちゃにセックスしよう。壊れるまでやって、もう全部忘れたいよ」

カナコがこちらをにらんでいた。ヤスがうなずくと、ふたりはなにかから逃げるように足早に暗い公園をあとにした。

ドラゴン&フラワー

空を若葉が泳いでいた。

透明な緑のざわめきのむこうに、ぼんやりと春の空がすけて見える。小島透子《こじまとうこ》は校門に続くケヤキ並木のした、待ちあわせの場所にむかい歩いていた。四時限目が終わって、都心のキャンパスには学生が湧きだしている。

誕生日は五月二十五日だから、あと二週間で二十歳《はたち》になる。透子はもう大学二年生なのだ。そろそろ運命の人があらわれてもおかしくはなかった。もちろんリッチな白馬の騎士でなくてもいい。それどころかプロポーズさえしてくれなくてもいい。きちんと自分のことを好きだといって、おまえのことがほしいとぎらぎらした目で求めてくれさえすればいいのだ。

透子はまだヴァージンで、高校を卒業するときに固く心に決めていた。二十歳になるまえにそんなうっとうしいものとは、さよならするのだ。処女になんか価値はない。それどころか誰かをきちんと愛するための障害にさえなることがある。まだ二年もあるのだから、きっと余裕でクリアできる。今年にはいるまでは、そう思っていたのである。

勢いのある青芝のうえをすすむ自分のつま先を見おろした。細いストラップつきのゴールドのサンダル。足の爪にも淡いパールピンクで、ていねいにペディキュアをほどこしている。じまんではないが足首だって細かった。ただ単にやせているから細いだけなのだが、脚の形は自分でもきれいだと思う。

透子は今年にはいってから、ジーンズとパンツを封印していた。寒い日でもがんばってスカートでとおしたのである。きっと自分には「女の子」力が足りないから、男子は声をかけてくれないのだ。そう信じてスカートを五カ月以上もはき続けたのだが、結果はさっぱりだった。うちの大学の男たちには見る目がないのだ。ミニスカートに襟ぐりがおおきく開いたノースリーブのカットソーをあわせても、誰も注目してくれない。

(女の子の振りなんて、もうやめちゃおうかな)

眉《まゆ》のあいだにしわを寄せて歩いていると、いきなり肩をたたかれた。

「トーコ、きいた？　戸川《とがわ》先輩の話」

同じ学年の塚本萌美《つかもともえみ》だった。とりたてて美人ではないのに、なぜか高一で初体験をすませているらしい。男はこういうぽっちゃり系がいいのかな。

「知らないけど、なあに」

モエミが肩を並べて歩きだした。身長は五センチほど低いのに、胸は明らかに透子よりツーカップはおおきそうだ。

「戸川先輩、また女の子と別れたらしいよ。いつもとっかえひっかえだもんね。もてるのはわかるけど、ちょっとひどくなーい？　やり捨てばっかかして。あのドラゴン、エロくて、危険だよー」

戸川の名前は龍児《りゅうじ》という。本人のいないところでは、サークルのメンバーはみな戸川をドラゴンとかエロ龍とか呼んでいた。透子はかすかに頬が赤らむのを感じたが、平静を装った。

「別にいいんじゃないの。女のほうだって、楽しいことがあったんだしさ。別れるとすぐに捨てられたとか、傷ものにされたとかいうのは、女の子の悪い癖だよ」

「さすが、トーコはクールだなあ」

それが禁物なのだった。縦ロールに近いおおきなウエーブのパーマをかけているのは、ちやほやかわいがられたいからで、冷たい女王さまになりたいのではない。透子は戸川のことを考えた。噂はサークルにはいったときからきいている。あの人はエロい、新入生は要注意、妊娠させられた女学生もいるらしい。

いくら熱烈にロストヴァージンを望んでいても、同じサークルの先輩で、札つきの危険人物は避けたかった。別れたあとで顔をあわせるのを想像すると、胸の奥が引きつりそうになる。そのドラゴンがこのごろさらに危ないのだ。

大学のカフェテリアやのみ会で、なぜか透子のとなりに席をとり、妙に優しくしてくる。目と目があうと、切れ長の目を糸のように細くして笑いかけてくる。わからないことがあれば教えてやるといって、図書館でもまとわりついてくるのだ。

ときどきいっしょにいるのが心から楽しくなって、透子は反省するのだった。あんなエロ龍にだけは引っかかってはいけない。それこそあとでサークルやキャンパスの噂になるし、心の底ではいい気味と思っている女子たちに下世話な悲劇のヒロインにされるなんて、まっぴらごめんだった。今日だってガードをしっかり堅くしていかなければならない。

透子のサークルは、通称B研と呼ばれていた。B級グルメ研究会というお遊びの同好会で、月に二度あちこちの飲食店でたべ歩きをして、会報やネットのホームページにレポートするのだ。以前はラーメンがテーマだったのだが、この春からもんじゃ焼きに交代している。

正門まえの芝生の広場には、B研のメンバーがすでに集合していた。透子を見つけると、男子のひとりが声をかけてくる。法学部の片桐紀夫《かたぎりのりお》だった。白いポロシャツにアイロンのセンタープレスがきいたベージュのチノパン。いつも妙に爽《さわ》やかな格好をしている優等生だ。

「小島さん、このまえの日本文学の講義、インフルエンザで休んでいたよね。ノート貸そうか」

透子は堅苦しい片桐がちょっと苦手だった。

「ありがとう。でも、モエミに借りるからいいよ」

「えっ、わたしのより片桐くんのノートのほうが、断然いいと思うけど」

片桐は成績がよく、試験まえにはコピーが大量にサークル内で流通するのだった。

「いいから、いいから」

透子は口先でそう返事をしながら、視線で龍児を探してしまった。接近してはいけない人物なのに、なぜこんなに気にかかるのだろうか。どこかで軽音楽サークルの誰かが、アコースティックギターを弾いていた。テニスサークルの一年生がへたなボレーボレーをしている。学生が春の木の芽のように湧いた広場でも、龍児はひときわ目立っていた。

髪にシルバーのメッシュをいれて、薄手のスエードシャツの胸ボタンはみっつも開いている。厚い胸板の中央には、おおきな銀のスカルがさがっていた。大学生というより、どこかの繁華街のストリートギャングのような格好をしている。おとなしい学生の多い透子の大学では、異色のキャラクターだった。透子の視線に気づいたのだろうか。龍児は三年生との話をやめて、こちらに近づいてくる。さて、ガードタイムの始まりだ。透子は戦闘態勢でドラゴンを待ちかまえた。

「今日もトーコちゃんはかわいいなあ」

目を細めて、笑顔になった。視線がノースリーブの肩に移ったのがわかる。

「胸はそうでもないけど、二の腕美人だよね」

そんなほめかたがあったのか。透子は内心うれしかったが、表情を変えなかった。

「習慣でほめてくれて、ありがとうございます」

片桐が口をはさんだ。

「戸川先輩、ガールフレンドと別れたっていう噂、ほんとうなんですか」

龍児はわざとらしく驚いた顔をした。こういう表情がさまになってしまうのが、この人のいやらしさだなと、透子は思う。胸ではドクロの目が暗い穴になっていた。

「そんな女の子なんて、いないって。おれ、なぜか噂ばかり立てられるんだよね。けっこう純なのに」

にやにや笑いながら銀のペンダントトップをいじって、そんなことをいっても誰も信じないだろう。透子はにっこりと冷たい笑顔でかえした。

「片桐くん、戸川先輩が誰とつきあって、誰と別れても関係ないでしょう」

「クールだなあ、トーコ姫は」

人のことを急に姫と呼ぶな。足元がぐらりとくるように感じたが、透子は龍児から離れて安全な女子グループのほうに避難した。

月島は東京湾に浮かぶ長方形の埋立地である。都心からでも十数分という便利な場所なのだが、有名になったのはもんじゃ焼き屋と超高層マンションがむやみにできたこの十年ほどだった。透子はB研のメンバー十数人といっしょにだらだらと地下鉄の階段をあがった。

西仲通り商店街にでると、すぐに焼けた鉄板のにおいが春の風にのって流れてきた。この通り沿いには百店近いもんじゃ焼き屋がならんで、しのぎを削っているのだ。歩行者専用になった夕暮れの商店街を、のんびりと流した。人気店ではこんな時間から、外に行列ができている。

B研の熱心な部長が探してきたのは、メインストリートから一本はずれた海鮮もんじゃの専門店だった。まだできたばかりの新しい店のようで、メンバーの何人かがデジタルカメラで店の外見と通りにだされた電飾看板を撮影している。

二階のいれこみが貸切になって、メンバーは四人ひと組で鉄板をかこんだ。透子の座卓にはなぜかモエミだけでなく、片桐と龍児までいる。龍児が叫んだ。

「生ビールの人、手をあげて」

自分が真っ先に手をあげている。横目で透子を見ていった。

「トーコちゃんはのまないの？　たまには酔っ払った顔も見せてよ」

透子はアルコールに強くなかった。すぐに赤くなるし、眠くなるのが嫌なのだ。

「ウーロン茶でお願いします」

モエミが手をあげて、かわいい声をだした。

「ドラゴン先輩、わたしがトーコの分ものんじゃいますから」

待っているだけでなく、こういう積極性も大事なのだろう。透子は冷静にそう判断して、鉄板が熱くなるのを見ていた。


その日のメニューは、海鮮スペシャルと明太子《めんたいこ》もちチーズとカレーコーンにベビースターラーメンいりの三種のもんじゃに、焼きそばと食後のスイーツだった。透子のテーブルでは、龍児が主にヘラをにぎった。龍児は顔に似あわず手先が器用で、料理にも迷いがなかった。溶けたチーズと明太子の粒がからんだ熱々のもちを口に運びながら、透子は素直に感心していた。うまい人はなにをしてもうまいのだ。きっとベッドでも上手なのだろう。おかしなことを連想して、ひそかに頬を赤くしたりする。まわりのテーブルはソースで黒い焼きそばをつくったが、龍児は塩味の白い麺《めん》に仕上げていう。

「もんじゃ三品のあとじゃあ、ソース味は重いよね」

小皿にとりわけながら、透子に笑顔を見せる。まえかがみになると龍児の胸が奥までのぞいて、気が遠くなりそうになった。透子は半分焼きそばを残してしまう。もうお腹いっぱいなのだ。

「残すなんてもったいないよ。ちょっと貸して」

透子のまえの小皿をさらって、焼きそばをひと口で押しこんでしまった。頬をいっぱいにふくらませて笑ってみせた。憎めない人だ。

「デザートは、アイスクリームのあんこまきだな」

ちいさなアルミのボウルには生地とあんこがいれてあった。別の小皿にはアイスクリームの玉がひとつ。ついているのはスプーンだけだ。モエミがいった。

「戸川先輩、これどうやってつくるんですか」

龍児が胸をたたくと、銀のスカルが揺れて、まぶしく照明を散らす。

「おれ、東京の下町生まれだから、こういうのガキのころからやってるんだ」

スプーンをボウルにさして、生地とあんこを混ぜていく。きれいにした鉄板に鈍いウグイス色になった生地を垂らし、スプーンの背でならした。何度か手首をくるくると動かすと、鉄板には見事な真円の皮が焼きあがった。

「すごーい、戸川先輩、天才」

モエミが黄色い声をあげている。龍児は皮の中央にアイスクリームを半分に切って並べると、スプーンとヘラで器用にくるくるとアイスクリームを巻きこんだ。ヘラで二等分にして、透子と自分の皿にとりわける。

「モエミちゃんは片桐くんにつくってもらいなさい」

モエミはふくれっ面をしたが、龍児は透子に笑いかけていった。

「いただきますは？　いっしょにたべよう」

透子は小皿のうえにのったクレープのような包みを見つめた。いただきますと口のなかでつぶやいて、ひと口たべてみる。外側は熱々だが、なかのアイスクリームは歯にしみるほど冷たい。とても甘くて、おいしかった。龍児のようだと思った。外面だけひどく優しいのに、きっと心は冷え切っているのだ。それでも、透子はデザートを残らず片づけてしまった。料理には人柄がでる。龍児のつくったものには、迷いのない速さとていねいな心づかいがあって、それは別にグルメではない透子にもよくわかったのだった。

片桐は龍児のまねをして、デザートに挑戦した。生地を練るところまではよかったが、スプーンをどう動かしても、生地を丸く広げることはできなかった。困っているうちにいびつな皮はでこぼこになってしまう。それを無理やり直そうとしたものだから、アイスクリームが溶けだして、鉄板のうえはクレープではなく、追加のもんじゃのようになってしまった。モエミは怒っている。

「片桐くん、下手っぴだなあ。もういいよ」

龍児と透子は共犯者の笑みを浮かべて、片桐とモエミを眺めていた。

「もうちょっと修業する必要があるな。なんたって、うちはB級グルメ研究会なんだから」

片桐はへこんでしまい、なにもいわなかった。惨劇になった鉄板を見おろしている。

「もったいないから、たべようぜ」

龍児がヘラを手にして、溶けたアイスクリームを口に運んだ。

「まずーい。片桐もくえよ」

男子ふたりは黙々とデザートの残骸《ざんがい》を片づけた。


海鮮もんじゃの店をでたのは、夜の九時すぎだった。西仲通りにもどると、部長がいった。

「今夜はここで解散。地下鉄で帰る人はあっち。銀座までぶらぶら散歩する人は、ついてきてください」

透子の家には別に門限はない。半分に人数を減らした集団に混ざって、部長のあとをついていった。商店街を折れて、マンションのならぶ暗い通りをはいっていく。しばらくすると灰色の堤防が見えてきた。堤防のむこうには空中回廊で結ばれた聖路加《せいろか》のツインタワーが夢の城のようにそびえている。

「このむこうが隅田川。せっかくだから、親水公園を抜けていこう」

堤防に切られた階段をあがっていくと、夜の川と光の壁となって両岸を埋めつくすビルの眺めが一気に開けた。遠く勝鬨橋《かちどきばし》は青くライトアップされている。透子のうしろで、龍児がいった。

「おれ、ここの景色が東京のビル街で一番きれいだと思うな。川があって、橋があって、ビルとビルのあいだには空があって」

透子は返事をしなかった。タイルの敷かれた川沿いの公園におりていく。川風は湿り気をおびて肌に重かった。スカートのなかを吹き抜けるとき、やわらかな湿度を残していくようだ。透子は先ほどからずっと龍児が数メートルうしろをついてくるのに、気づいていた。自分から話しかけるのも不自然な気がして黙っていたのである。酔っ払った集団は広い河川敷に数人ずつ散らばっていった。なかには暗い川面《かわも》にむかって奇声をあげている男子もいる。

「トーコちゃんは、好きな人いるのかな」

龍児に真剣な声でそうきかれて、透子は固まってしまった。ただ歩いているだけなのに、手と足の動きがギクシャクする。声は自分でだそうと思っていたより冷たくなった。

「いませんよ、そんな人」

夜の川のうえを光を撒《ま》きながらガラス屋根の遊覧船が走っていた。龍児の声がおおきくなる。

「なんで。ものすごくレベルの高いやつじゃないと、ダメなのかな」

そんなことはないと叫びたかった。透子は男性にすべてを求めてなどいない。ただ自分のことを好きになってくれ、いつも見つめてさえくれれば、それでいいのだ。それくらいのことが、こんなにむずかしいなんて。透子は川岸の白い手すりにもたれた。負けずに声をおおきくする。

「そんなはずないじゃないですか。恋人なんて、この二年間ずっと募集中ですよ」

龍児が夜のなか、こちらに近づいてくるのがわかった。透子とならんで、手すりに指先をかけて、夜の川にむかう。声はききとれないくらいちいさかった。ちょっと震えているようにも思える。

「じゃあ、おれなんかじゃ、ダメかな。悪い噂ばかりきいてるだろうけど」

透子は顔を振って、龍児の目を見た。そのときである。カチリと音がして、なにかがつながった気がしたのだ。龍児は確かにいい加減な人間かもしれない。でも、この瞬間は本気だ。自分のことが好きで、わたしに傷つけられることを恐れている。龍児の背景には、虫くいに明かりのついた夜の高層ビルが見える。手すりにかけた指先は、ほんの数センチの距離だった。この手を重ねれば、今夜からなにかが始まるのかもしれない。

「小島さん、もう部長たちはずいぶん先にいってるよ。戸川先輩も早く」

片桐の声が背中にあたって、現実にひきもどされた。透子は龍児になにもこたえずに、その場を離れた。ちいさな水音がきこえるが、透子は振りかえらなかった。


それから数日間、透子は自分でも理解できない日々をすごした。急に陽気にはしゃいだり、暗くふさぎこんでみたり。透子はほかの女子に比べて、精神的には波のないほうだと思っていたが、春の嵐のように心は急に風むきを変えるのだった。

龍児とはなかなか会う機会がなかった。一般教養の心理学概要で先に顔をあわせたのは、モエミと片桐である。日ざしに熱せられた階段教室で、ぼんやりと授業の開始を待っていると、片桐がいきなりいった。

「この講義のあとで、話があるんだけど」

モエミが目を丸くして片桐を見つめてから、透子のほうにウインクした。声をださずに口の形だけでいう。

(がんばれ、トーコ)

なにをがんばるのだろうと思いながら、それからの九十分間、人間の意識よりもずっと広大だという無意識の世界について、透子はノートをとった。

大学のカフェテリアは、ガラス張りのショールームのようだった。夏は熱帯植物用の温室みたいに暑くなるのだが、五月ならちょうどいい温度だ。片桐は透子にエスプレッソを買ってきてくれた。アルコールには弱くても、コーヒーは強いのが好きだ。

「このまえ、戸川先輩と危なかったね」

あれは危険なことだったのだろうか。爽《さわ》やかなサックスブルーと白のストライプシャツを着た片桐を見た。

「このまえ小島さんはいってたよね。ドラゴンみたいな危険人物には注意しなくちゃいけないって。なんだか雰囲気がやばそうだったよ」

片桐はずっと自分を見ていたのだろうか。ぼんやりしていると、片桐が身体を透子の正面にむけて口を開いた。

「ぼくはまえから小島さんのことが好きだった。最初は気軽な男友達のひとりとしてでいいから、つきあってくれないか」

じっとこちらを見つめる同じ年の男性に目をやった。静かな心のまま、透子は考えた。

こういうまじめでいい人とつきあったほうが、女の子はしあわせになれるのかもしれない。これが自分の恋愛でなく誰か他人のケースなら、きっと片桐を推薦することだろう。透子はすこし悲しい気分でいう。

「今はよくわからない。ちょっと時間をもらって、いいかな」

透子の真剣さは片桐にも伝わったようだった。顔を明るくして、優等生はいった。

「時間ならいくらでもあげる。ぼくはこの大学にはいってよかったよ。小島さんみたいな人にも会えたし」

透子はただ微笑むだけだった。一生のうちに何度か誰にでもモテ期がくると、みんなはいう。数日のあいだに二度の告白を受けた今が、透子の生まれて最初のその時期なのだろう。それがこれほど空《むな》しいものだなんて。

透子はカフェテリアから去っていく片桐の背中を半分閉じた目で見送った。


龍児からいきなり携帯に電話があったのは、カフェテリアの告白の翌日だった。

「トーコちゃん、今なにしてる」

キャンパスの緑を眺めて、透子は返事をした。

「このまま帰ろうか、それとも渋谷にでもいって買いものでもしようか、迷っていたところ」

龍児の声は底抜けに明るい。

「じゃあ、ちょっとデートしよう。渋谷の公園通りにあるカフェ、覚えてる？　B研で昔喫茶店のナポリタン研究をしたよね」

「NHKのてまえにある地下のテラスのカフェ」

「そうそう、そこで二十分後に待ってるから」

さよならもいわずに通話は切れてしまった。ドラゴンはわたしにもいかないという選択があることがわからないのだろうか。


だが三十五分後、透子はカフェにつながる赤いレンガの階段をおりていた。龍児に与えた罰は、ほんの十五分の待機にすぎなかった。こないのかと思ったという龍児の言葉には余裕があって、それが透子にはくやしかった。

龍児はこのまえの夜のことなど、ひと言も口にしなかった。いつものように軽快で軽薄なドラゴン的会話に終始する。透子はつられてつい笑ってしまうが、ほんとうにこれでいいのだろうかと疑問にも思っていた。このままなし崩しで、つきあってしまってもいいのだろうか。片桐の痛々しいほどのまじめさに比べて、エロ龍のこのノリはなんなのだろうか。カフェにいたのは四十分ほどで、ふたりは夕空のした公園通りから代々木公園にむかって歩きだした。

熱のない日ざしに全身をオレンジ色に染められ、長い影を歩道に引いてただ歩く。

それがなぜこれほど楽しいのか、透子にはわからなかった。龍児は慣れた様子で腕をあげ、いきなり透子の肩を抱いた。

男の腕の重さに透子は目が覚める思いだった。

「好きだともいわずに、肩を抱くの」

ほんの数十センチほどしか離れていない龍児と目があった。じっと見つめかえしてくる視線には、ひどく真剣な力がある。

「そんなの言葉じゃないだろ。おれ、こんなにラブラブビームだしてるのに、トーコ姫にはわからないのか。こっちにだって、余裕なんてないさ。いつだって誰かとつきあい始めるときは必死だ」

透子はただうなずいて、龍児の歩く速さに自分の歩調をあわせるだけだった。急に胸の底から幸福感がつきあげてきて、このまま明日の夜明けがくるまで都心の公園を龍児と歩いていたいと思う。きっとこれでよかったのだ。いつかひどく傷つけられる日がきても、今のこのときを忘れなければ、それでいいのだ。

透子は肩にのせられた手に、自分の手をそっと重ねた。

片桐には翌日、断りの言葉を伝えた。龍児とつきあうことに決めたと正直に伝える。やはり心理学者のいうとおり、心は心よりもっとおおきなものでできていて、透子の無意識は迷うまでもなく龍児を先に選んでいたのかもしれない。

それから二週間と七回のデートのあとで、透子は龍児と初めて結ばれた。痛みはなんとかがまんできる程度だったが、行為自体はあまりにあっさりしていたので、なんだか拍子抜けするようだった。

二十歳の誕生日には、ほんのすこし間にあわなかったけれど、透子は別に気にしてはいなかった。実際に経験してみると、あんなことは、別に焦るまでもなかったのだ。透子は龍児の身体をとおして、男性というかわいくて愚かな生きものについて、いくつかのことを学んだ。それでも龍児の心になにがあるかはわからなかった。男というのは不思議な生物である。

龍児には最近はジーンズばかりだと文句をいわれるけれど、透子は気にしなかった。スカートだろうが、ジーンズだろうが、いったん男をつかまえてしまえば、もう「女の子」力など、たいして必要ではなかったのだ。どちらも脱いでしまえば、中身だって変わらない。

透子はすべてを終えたあとで、龍児と裸で抱きあう時間が好きだった。そんなとき透子は龍児の厚い胸に頭をのせて、心臓の鼓動をきくことがある。同じ心臓と同じ手足。目だって鼻だって口だって、たいして違いはしない。それなのに、これほど違う部分がある。

そのわずかな違いに感謝して、透子はいつも銀のペンダントトップのすこしした、汗のにおいがする男の胸の中央にキスをするのだった。

魔法のボタン

ぼくのかよっていた幼稚園では、「魔法のボタン」ごっこが流行《はや》っていた。肩の骨の先、ぽつんと島のように肌から立ちあがった丸い部分を、みなボタンと呼んでいたのだ。右肩のボタンを押すと、その子は透明人間になって、その場の誰からも見えなくなり、自由に好きないたずらをしてもいい。左肩のボタンを押すと、身体は石になり、つぎに誰かが押すまで固まっていなければならない。チューリップやグラジオラスや三色スミレが咲く園庭での、ちょっとした遊びだ。

ぼくは今でも、すべての人に魔法のボタンがあればいいのにと思うことがある。右のボタンを押すと透明になる。左のボタンを押すと石になる。東京にはあまりにたくさんの人がいすぎるし、せわしなく動きすぎる。みんなでボタンを押しあって、消えたり固まったりすればいいのだ。そうしたら、この街だってずっと静かになる。

透明人間になれるなら、失恋の悲しみも透きとおって軽くなり、ひとりで泣いているところを見られずにすむだろう。石になればじっと固まったまま、悲しみを結晶化させ、心の底深く沈められるだろう。

でも、ぼくたちに魔法のボタンはない。

だから、こうしてきみを待つことになる。いらいらと腕時計を確かめ、きっときみはまだ寝ているに違いないと思いながら。まあ、恋人でも愛人でもないからしかたないけれど、二十年を超える友人にたいしてちょっと冷たすぎるのではないだろうか。

そうだよね、萌枝《もえ》。

下北沢のオープンカフェというのは、待ちあわせの場所としては微妙だった。古着や雑貨を探して狭い路地をたくさんの人がいきかっている。渋滞した人の流れのほんの五十センチほどのところで、足を組んでデッキチェアなんかに座っているのだ。光は夏の夕暮れの澄んだ色。ファンタ・オレンジほど深くはないが、バヤリースよりも濃いくらい。アスファルトをわたってきた風には、昼間の熱気がふくらんだまま残っている。ぼくは携帯電話を抜いて、指が覚えている番号を選択する。

「な……」

寝ぼけたきみの声が一音だけもどってくる。メールの入力予測なら、どんな候補があがるだろうか。なんだよ、寝てるのに。なにいってんだ。なんでもいいだろ。不機嫌な返事なら、どれでもきっと正解だ。

「萌枝、もう約束の時間、二十五分もすぎてるんだけど」

寝起きのざらざら声できみはいった。

「ごめん。朝までのんでたんだ。十分でいくから」

それをきいて、ぼくのほうがあわててしまった。

「いいよ、急がなくて。女なんだから、ちゃんとして……」

通話は途中で切れてしまった。呆然《ぼうぜん》としていると、となりのテーブルのカップルがおかしな顔でこちらを見る。ぼくは携帯を閉じて、アルミ製のフォールディングテーブルにおいた。頭上に張りだしたケヤキの若葉が一枚、アイスラテのグラスの横にある。薄く伸ばした水のような葉を指先でつまんで、したの敷石に落とした。なんでもない、もう慣れているという顔で、足を組む。そのまえに瑞々《みずみず》しい若葉を靴底で踏みつけてやった。


十分後にほんとうにきみはやってきた。

よれよれのブルーグリーンのジャージに、ブーツカットのジーンズ。長身なので、似あわなくはない。寝起きで髪を直すひまもなかったのだろう。セミロングの髪は無理やり砂色のキャスケットのなかに押しこんである。ぼさぼさのおくれ毛が首筋ではねていた。休日の顔は当然のすっぴんだ。

「ごめん、ごめん、待った？」

三十五分待っていたが、急に約束をいれたのはこちらだったのでしかたない。軽くうなずいて、ぼくはいう。

「それより、またのみ会だったんだ。もう朝まではのまないっていったくせに」

「わたし、ダメなんだよね。アルコールがはいると自分を抑えられなくなるというかさ。のむと、ああ自由なんだって思っちゃう。それよりさ、そっちはやせたんじゃない」

ぼくの体重はまえのガールフレンドと別れてからの四日間で、三キロ減少していた。なんとか生き延びた五日目のその日は、被災後初めての土曜日である。

「やせた。ダイエットには失恋はいいみたいだ」

「でも、隆介《りゅうすけ》にはダイエットの必要ないじゃん。あばら骨が浮いた身体なんて、女は好きじゃないよ」

ジャージの袖《そで》ぐりがきつそうなきみの二の腕に目をやった。

「酒太りの二十五歳キャリアガールだって、男は好きじゃないと思うけどね」

「せっかく哀れな失恋話でもきいてやろうかと思ってきたのに、ケンカ売るのか、コラ」

萌枝は幼稚園の園庭から、変わっていなかった。あのころから男子と取っ組みあいのケンカをしていたし、ものごとをななめに見て、ひどく老成した皮肉な口をきいていた。それは二十年後の今もまるで変わらなかった。

「いや、ケンカをするような元気はないよ。このところ、ほとんどなにもたべていないし、なにを見ても悲しいんだ」

きみはやってきたウエイターに目をあげる。

「そんな弱虫もういいや、コロナをひとつ」

「寝起きでビールかよ」

「むさい男の失恋話なんて、のまなきゃきいてられないもん」

きみは黒いエプロンで締めあげたウエイターの腰を見送っていう。

「やっぱりあの逆三角がいいんだよね。いい機会だから、隆介はもうすこし身体鍛えたら。早紀《さき》ちゃんも見直すかもしれないよ」

目のまえが青くなった。世界がブルーに染まる。なんとか声を震わせないようにするので精いっぱいだった。

「ぼくのまえで、二度とその名前をださないでくれないか。お願いだ」

へへへときみは笑った。

「逆療法っていうのもあるじゃない。今夜じゅう、ずっとその名前をいうというのはどうかな」

きみの目を見て、真剣にいった。

「お願いだ」

届いたコロナのビンにライムの切れ端を押しこみながら、きみは軽くうなずいた。

「わかった。今夜は優しくしてやるよ」

遠藤《えんどう》早紀は大学を卒業後、就職して初めてつきあった女の子だった。

小柄でコケティシュでかわいくて、ベッドでは意外と攻撃的。体型はきみとは対照的だった。このままいけば結婚するのだろうと思っていたら、急に別れてくれといいだしたのだ。半年間ずっとふたまたをかけていたという。そちらの男（年収がぼくより三割多い商社マン）に先にプロポーズされて、ぼくのほうを切ることにしたのだそうだ。

散々抱きあった週末のデートの直後、火曜日に緊急呼びだしをくらって、一方的にその決心を伝えられた気もちを想像してみてもらいたい。それを百倍にすると、ぼくの心痛になる。恋心なんて皆殺しだ。ちびちびとメキシコ産のビールをのみながら、きみは冷静にきいていた。

「しょうがないよ。男だって女だって、心が変わることがある。恋が突然終われば、誰かが傷つくのはあたりまえ。でもさ、よかったじゃない。その女ろくでもない女だよ。ずっとふたまたかけてたってことは、毎週ふたりの男と寝てたってことでしょ。まあ、ちょっといいかもしれないけどさ」

なぐさめているのか、うらやんでいるのか、よくわからない言葉だった。ぼくが肩を落としていると、きみは続ける。

「結婚しなくてよかったじゃない。その女なら絶対に浮気しまくりだもん。まだ二十五でしょう、これからいくらでも出会いなんてあるよ。ねえ、ここでずっとビールのむの飽きたから、どっかのみにいこう」

ぐずぐずしてるときみはいう。

「わたしのおごりだからさ。近くにうまい居酒屋があるんだ」

ぼくたちがはいったのは下北沢の路地裏にある薩摩《さつま》料理の店だった。きみは焼酎《しょうちゅう》のオンザロック、ぼくはのむ気になれなかったけれどライムサワーを注文した。メニューを見ずに、カウンターの奥の大将にきみはいう。

「自家製薩摩揚げと空豆の殻焼きとゴマ豆腐、それにアボカドと水菜のサラダに明太《めんたい》コロッケね」

いつも頼んでいるコースのようだ。ぼくは小声でいった。

「なんだよ、人を肴《さかな》にしてのみたいだけじゃん」

朝までのんだ腫《は》れぼったい目でウインクしてみせた。

「人の不幸は蜜《みつ》の味。できたての失恋なら、最上級のステーキみたいなものじゃない。隆介だって、いっしょに暗くなるより、明るく笑い飛ばしてくれたほうがいいでしょ。それとも、これからお通夜モードに切り替える」

ぼくには静かなきみなど想像もできなかった。苦笑していう。

「いや、そのままでいい」

届いた料理をがつがつと平らげていく。ぼくは依然として食欲がまるでなかった。

「よくそんなにくえるな」

「あたりまえじゃん、わたしは失恋なんて間抜けなことしてないし、徹夜明けってひどくお腹が空《す》くんだよね。この明太コロッケたべないの。ソースつけないでこのままでいいんだけど」

ぼくはさくさくのコロッケをひと口たべた。舌に熱いものがふれたのはわかる。きっといつもならうまいといってお代わりをしたことだろう。頭は冷静に味を解析したけれど、それがほんとうにおいしいのかどうか、自分でもよくわからなかった。

「もうあの子とはよりをもどす気はないんでしょう。だったらはっきりしてるじゃん。どんな失恋の痛みも時間が解決してくれるもんだよ。もうすこし元気になったら、つぎの女の子探せばいいじゃない」

きみは黒焦げの殻から蒸し焼きになった空豆を取りだして、皮ごと口に放りこんだ。舌先で転がしながらいう。

「この熱々をかみながら、冷たいオンザロックをきゅーとやる。これがうまいの」

ノーメイクの顔で無造作に笑いかけてくる。

「ぼくのことばかりいうけど、萌枝はどうなんだ」

「どうって、なにが」

「そっちの恋の話だよ」

オンザロックが空になって、グラスのなかで丸く削られた氷の球がくるくるとまわった。

「あのさ、人間のやることって全部むきふむきがあると思う。この世界には恋にむく人とむかない人がいるんだよね。わたしはきっとむかないほうなんだ。だから、恋愛なんてがんばるつもりはない」

遠くを見る目。自分の過去でものぞきこんでいるのだろうか。するときみはなにかを発見したかのように急に声を張る。

「おんなじのひとつと焼きトンのゴマの葉包みね」

「なんだよ。またくいものの追加かよ」

ぼくはその夜初めて笑った。ちいさな笑いだったけれど、笑ったのは四日ぶりだったので、それはひどく新鮮な経験だった。胸の奥でかすかに愉快な振動が生まれて、のどと口内と口元を、痙攣《けいれん》的に吐く息で心地よく揺らす。笑いはいくつもの段階を踏んでおこなわれる高度に知的な作業なのだ。笑う猿も笑う犬もいない。ぼくはようやく人類に復帰した気分だった。

「元気になったじゃない。じゃあ、ばんばんのんじゃおか」

「いいね」

ぼくも薩摩焼酎のオンザロックに切り替えて、腰をすえてのむことにした。腕時計を見るとまだ八時まえ。土曜の夜はまだ長い。

アルコールにはタイムスリップ作用があることをぼくは忘れていた。へたくそな編集をした映画のように、つぎに気づくと閉店の午前四時になっている。ふたり分の財布をほとんど空にして、ぼくたちは店をでた。きみは酔っ払って、まっすぐに歩けないくらい。ぼくの身長は百八十センチ近くあるが、きみだって百七十はある。骨格だって華奢《きゃしゃ》とはとてもいえない造りだ。

ぼくは夜明けまえの下北沢の路地を、きみの肩を支えてよろよろと歩きだした。

「もういっぱいいこう」

「だめだ。帰ろう。こっちも限界だ」

きみは顔をあげて、じっとぼくを見つめる。

「シュージさん？」

ぼくの知らない男の名前だった。足元がふらついている。

「違う。ぼくだ、隆介」

「ああ、リュウかあ。泣き虫でおしっこもらしてたのに、案外いい男になったじゃん」

「余計なお世話だ。マンションに帰るぞ」

つぎの瞬間、きみは歩きながら寝息を立てていた。夢遊病者のようだ。ぼくは寝ている人と歩いたのは、それが初めての経験だった。きみの住む部屋までは、休み休み移動してもほんの七分くらい。ジャージのポケットから部屋の鍵《かぎ》をだして、オートロックを抜け、無人の廊下をいく。

そのころにはだんだんこちらの体力も厳しくなっていた。スチールの防火扉に押しとめるようにしても、きみの足の力は残っていないようだった。鍵を開けているあいだに、ずるずると座りこんでしまう。ぼくは死体でも運ぶように両脇に手をかけて、足を伸ばしたままのきみを室内に引きずりこんだ。靴を脱がせたのは1DKのベッドルームのほうだった。身体を抱きあげ、なんとかベッドにのせる。

きみはそのまま足のあいだに夏掛けをくるくるとはさんで眠りこんでしまった。ぼくは床に座り、マットレスに背中を預けた。無防備なきみの寝顔を見る。すこしふくよかさを増したけれど、きみの顔は子どものころからシャープだった。教師と意見が対立したとき、きみは自分がただしいとわかっているときには絶対に譲らなかった。教育大学をでたばかりの新米教師を泣かしたときのことを、ぼくは今も覚えている。あのときぎみは小学校四年生だったはずだ。

ぼくたちは幼稚園から小学中学といっしょだった。高校だけ別々に分かれて、同じ大学で偶然再会したのである。びっくりはしたけれど、おたがいにそれがロマンチックな偶然だとは思わなかった。前髪が口元に落ちた。きみは眠ったままわずらわしそうに払う。ぼくは手を伸ばし、いく筋か残る黒い髪を顔から避《よ》けてやった。中学時代のきみは、クラスで二、三番目くらいにかわいかった。ということは案外もてていたということである。ぼくの友人にも、何人かきみのことが好きだというやつがいた。それが十数年してこんなふうに男の視線などまるで気にしない「恋にふむきな」女性になっている。なんだか不思議で、ぼくはしばらくきみの寝顔を見ていた。

室内は女の子の部屋というより、受験生の部屋のようだった。かわいい小物やポスターや絵などはまるでなく、たくさんの本が床に積みあげられている。背表紙を読んでいくと、恋愛小説などほとんどなかった。歴史ものに海外ミステリーがどっさり。こちらも中年男の趣味である。

ぼくは最後にうっすらと口を開けて眠っている寝顔を見てから、きみの部屋をでた。

夢のなかで鳴る携帯の呼びだし音は、電子の脅迫のようだった。日曜日の正午にぞっとしながらたたき起こされる。

「ねえ、ちょっと、どうせならジーンズくらい脱がせていってよ」

萌枝の声だが、なにをいっているのかわからなかった。ぼくはきちんと八時間は寝ないとぜんぜん頭がまわらないのだ。

「ジーンズってなんだよ」

「だからさ、あのジーンズきつくって、ダメなんだよ。お腹が苦しくて変な夢みるし、ウエストラインに変な形の跡が残ってるし」

ようやく自分のベッドで起きあがった。

「無理してきついジーンズはいてる萌枝が悪いんだろ。寝てる女の子のジーンズなんか脱がせられるわけないじゃないか」

「女だなんて意識したことないくせに。あー、かゆい」

がさがさという音は、きっときみがお腹をかいている音なのだろう。吹きだしそうになってぼくはいう。

「ねえ、どうせ萌枝も今日の予定ははいっていないんだろ。遅めのブランチでもたべないか」

　なんだか一瞬嫌な間があいた。耳を澄ませていると、きみはいう。

「どうでもいいけど、カッコつけてブランチとかいうのやめてくれる。昼飯ならいっしょにいくよ」

「わかった。じゃあ、昼飯いこう」

　待ちあわせの場所はまた同じオープンカフェになった。萌枝にもこちらにはうまいいいかえがないようで、しぶしぶあの外の店という。ぼくたちは結局、日曜日の夕方に集合した。同じ夕暮れのオレンジの光のなか、路地をいく人たちは結局、前日とは違うのだろうが、まるで同じエキストラを頼んだようだった。萌枝はぼくを見ると真っ先にいう。

「そういうしゃれた洋服って、どこで買うの」

　ぼくは特別におしゃれをしていたわけではなかった。白いコットンパンツにボーダーのシャツ、夜涼しくなったときのためにライトブルーのコットンジャケットを着ていただけだ。パンツとシャツは安物。ジャケットだけイタリー製だ。

「そっちこそ、そういうジャージはどこで買うの」

　萌枝はジーンズに懲りたようだった。今回は上下とも青いサテンの光沢のあるジャージ姿だった。

「渋谷のプーマ」

ぼくたちはカフェから、今度は下北沢のイタリアンにいった。シーザーサラダと春キャベツとアンチョビのパスタがうまい店だ。ピザは平均的。ぼくの好みでは生地がすこし厚すぎる。前夜に焼酎《しょうちゅう》をのんで、つぎの日に白と赤のワインをやる。日本に生まれてよかったと思う瞬間だ。

二日連続ののみ会だったし、つぎの日には仕事があったので、その日は真夜中の十二時に解散にした。きみの部屋まで送った帰り道、妙にぼくは素直になっていた。

「失恋して一週間もたってないのに、すごく楽になった。萌枝のおかげだ。胸の痛いのがずいぶん遠くなったよ」

萌枝は大股《おおまた》でずんずんと歩きながらいう。

「隆介は女のなかで育ったじゃない。きっと女の人といっしょだと落ち着くんだよ。別にわたしじゃなくても、失恋話をきちんときいてくれる女だったら、誰でもよかったんだ」

なんだか広い背中が淋《さび》しそうだった。下北の暗い路地には人影もない。

「そんなことないよ。萌枝でなければ、こんなふうに自由に話せないし、延々とつきあってもくれなかったと思う」

「まあね、わたしには男もいないし、女友達とずっとつるんでるっていうタイプでもないし。落ちこんだ隆介につきあうにはちょうどいいのかもね」

マンションの明るいエントランスが、夜の灯台のように見えてきた。

「どうする、コーヒーでものんでく。わたしはなにもしないから、だいじょうぶだけど」

思わず笑ってしまった。きみは緊張しているみたいだった。なにもしないから、ホテルで休んでいこうという男たちのように。

「いいや、部屋のなかならもう見たし、明日も早いからやめとく」

つまらなそうにうなずいた。

「わかった。今回はジャージだから、脱がさなくてもよかったんだけどね」

どうでもいいけれどという横顔が気になって、ついいってしまう。

「それよりさ、来週末もどうせ予定はいってないんだろ。こっちもひまだから、今度はどこかおいしい店をぼくがおごるよ」

「それって、デートの誘いなの」

「くって、のむだけだけど、そういうのいちおうデートっていうんだよね」

きみは振りむくとすっぴん顔でにっとおおきく笑った。夜の隅がすこしだけ明るくなるような笑顔だ。

「へへへ、わたしさ、男から来週の予定をいれられたの、三年ぶりだよ」

「三年間、なにもなかったのか」

ぼくが驚いていると、きみはさっさと自分のマンションに歩きだす。背中越しにいった。

「ほんとにヴァージンにもどってるかもしれないなあ。じゃあね、また来週」


それから休みがくるたびに、ぼくたちはデートをするようになった。

翌週に予約をいれたのは、汐留《しおどめ》の超高層ビルの四十数階にできたイタリアンだ。美しい夜景と手のこんだ前菜と覚悟の必要なワインリストを上品にだす店である。きみはジーンズとジャージできたので、結婚式の二次会のような格好をした女性たちを見て目を丸くしていた。ぼくが新橋といったので、焼き鳥屋だと思ったらしい。

スパニッシュ、フレンチ、カウンターの寿司《すし》と天麩羅《てんぷら》。ぼくたちのデートは、映画やショッピングよりも豪勢な食事が中心になった。一軒目のレストランはぼくのおごりで、二軒目ののみ屋はきみの番だ。ぼくは自分と友人たちが推薦する店をすべてだし切ったが、きみが連れていってくれるバーや居酒屋もなかなかのものだった。西麻布のシャンパンバーの電話番号は、今もぼくの携帯に登録してある。

何度かデートをするうちに、きみの格好もジャージとジーンズから脱出して、会社用の黒や紺のパンツスーツに変化していった。大酒のみのくせにまだ二十代なかばで、体型は崩れていないから、背の高いきみには細身のスーツがよく似あうのだ。

そんなふうに一カ月と五回のデートがすぎたときのことだった。

ぼくたちはこのまま安全な距離を保つのか、それとも危険を覚悟で接近するのか、厳しい選択を迫られることになる。


旧山手通りの暗い歩道をしばらく神泉の交差点めざし歩いていく。右手の木々のなかに、赤いネオンサインが見えてきた。コンクリート打ち放しの階段をおりていくと、地下のテラスが広々としていた。何組かカップルがお茶をのんでいる。

レストランの扉は厚いガラスで、奥には外国人のウエイターが立っていた。ぼくが近づいていくと、笑顔で扉を開けてくれる。

「こんばんは。予約をいれた高安《たかやす》です」

ひどく暗い店だった。時間が早いせいか、フロアに並ぶ丸テーブルはほとんど空席だ。外国人のウエイターは窓際の特等席にとおしてくれた。地下のテラスと中央に植えられたシンボルツリーのクスノキが見晴らせるテーブルだ。そのとき幅広の階段を駆けてくる女性の姿が目にはいった。長身でひざからしたの線がきれいだった。二枚重ねになったシフォンのスカートの裾《すそ》が煙るように乱れて、ステップをリズムよく刻む。髪はセミロングだが、おおきなウエーブがかけてあった。テラスをずんずんと横切る大股の歩きかた。あれれ、おかしいな。そのサマードレスの女性は、きみにそっくりなのだ。

　ぼくの迷いはきみがレストランの扉を抜けるとき、確信に変わった。きみはいつものパンツスーツでなく、なぜか女装してあらわれたのだ。ぼくは空きテーブルのあいだを抜けてくるきみを口を開けて見ていた。

　すこし猫背になって、きみはぼくの正面に立った。ハイヒールの両足をしっかりと踏ん張っている。ちょっと怒った顔でいった。

「人の努力を笑うな。いい、このパーマとワンピースのことで冗談をいったら、すぐに帰るからね」

　ウエイターはおもしろいドラマでも見ているように微笑んで、じっと椅子の背をおさえていた。きみが席に着くと、そっと押してくれる。きみはメニューも見ずにいった。

「とりあえずシャンパン」

　その店でなにを話したのか、ぼくは忘れてしまった。ひどく疲れたのは覚えているのだけれど。きみが厳重に注意したように、ぼくは危険な質問はすべて避けておった。なぜ急に髪型を変える気になったのか、なぜそんなにロマンチックな縦ロールのパーマをかけたのか、なぜ透ける素材のサマードレスを着ているのか、どうしてストッキングは黒のフィッシュネットなのか。嵐の雲のように頭に湧きあがる疑問を無理やり抑えこむ。

覚えている限り、ミスは一回だけだった。ぼくはつい口を滑らせたのだ。

「萌枝、もしかして今夜は化粧してるんじゃないか」

きみは何杯目かの高価なシャンパンをのみほして、じろりとぼくをにらんだ。

「してるよ、悪いか。人ががんばってメイクしてきたのに、なにか猥褻《わいせつ》なものみたいに見るのはやめろ」

ぼくは目をそらして、きみのお代わりをハンサムなウエイターに注文した。

二軒目は代官山と渋谷の中間にあるバーにいく予定だった。

歩いてもほんの十分ほどなのだけれど、旧山手通りは代官山を離れるとしだいに暗くなっていく。きみはなぜかぼくの一歩先を歩いていた。ぼくに顔を見られるのが嫌なようだった。そのあいだぼくが見ていたのは、きみのしなやかなふくらはぎと揺れながらひざのうしろを隠すスカートの裾だ。遠くにバーのネオンが見える。閉店したインテリアショップのショーウインドウのまえで、きみは急に立ちどまった。どこか覚悟を感じさせる広い背中だった。

「わたし、今夜はけっこう真剣だったんだ。それなのに、なんだかにやにやばかりして。隆介は失礼なやつだな。そんなにおかしいか」

きみは振りむくと、自分のサマードレスをじろじろと見おろした。

「そんなことないよ。よく似あってるし、萌枝はスタイルがいいよ。でも、急に女装してくるからびっくりした。なにがあったのかなって思って」

「いいんだよ。無理してほめなくても、どうせわたしは恋愛にはむいてないんだ」

そういうときみはビルのまえの白い大理石の階段に、足を開いて座りこんだ。ふともものうえのほうまでのぞいていたが、きみは気にしなかった。ぼくも視線をはずしながら、きみのとなりに座った。

「わたし、大学の四年間、ずっとすごく年うえの人とつきあっていた」

萌枝の恋愛の話は初めてだった。下北沢で酔っ払った夜と同じ遠い目をして、きみは通りのむかいにあるマレーシア大使館を見ている。ぼくはただうなずいていた。

「その人は四十代で、結婚して十年たっていて、小学校にかよう子どもがふたりいた」

ぼくはまた口を滑らせた。

「不倫か」

「その言葉も二度とつかわないで。こっちは真剣だったんだ。自慢じゃないけど、相手の男もね」

あの夜間違われた名前を思いだした。

「それがシュージさんか」

「なんで知ってんの。その人だよ。むこうも奥さんに別れてくれっていって、大騒動になって、うちの実家にも奥さんがきたりして、もうズタズタになったんだ。隆介と違って、わたしは彼と別れてから半年は笑わなかったから」

ぼくにはなにもいうことがなかった。都心の空《す》いた通りを飛ばしていくタクシーの灯《あかり》を見ているだけだ。

「そうか」

「うん。三年まえに四十七歳だったから、今はもう五十になるんだなあ。どんなふうに変わったのかなって今でも思うときがある」

萌枝は二十五歳、男はちょうど倍の年齢ということになる。

「ダブルスコアとかいわないでよ」

ぼくはあわててうなずいた。きみはじっとぼくを見つめた。

「ねえ、幼稚園のときの遊び覚えてる。魔法のボタンっていうやつ」

もちろんぼくは覚えていた。始まったのは幼稚園だけれど、小学校のクラスでもずっと遊んでいたからだ。きみは長い手を伸ばして、ぼくの右肩にふれた。指一本の重ささえ感じさせないかすかなふれかただった。

「今から、隆介は透明人間ね。わたしは誰もいないと思って話すから、黙ってきいてね。今回、隆介が振られて、何度かデートらしきことをしたよね。わたし、同世代の人とつきあうの生まれて初めてだったんだ。だから、こう思った。これは神様がくれたチャンスだ。若い男とつきあうためのリハビリに、失恋男をつかわせてもらおう」

透明人間になったぼくは、しびれたようになにもいえずにいた。きみは通りのむかいの明るい夜空に目をあげる。その目はきれいに澄んで、誰かに恋することの切なさとあこがれを映しているようだった。

「それでね、実際に試してみたら、すごく楽しくてはまっちゃった。毎回、これは練習なんだ。隆介は元気になったら、わたしよりも、なんだっけ、小柄でコケティシュでかわいくて、ベッドでは攻撃的な女の子とまたつきあうようになるんだ。そういいきかせていた」

へへへときみは得意の男の子のような笑い声を立てた。

「でも、ダメだったよ。隆介を男として見ないようにしようとしたのに、ぜんぜんダメだった。今回、勇気をだして女みたいな格好をしてきたのは、いつもジャージですっぴんの酒のみじゃなくて、わたしを女の子として見てほしかったからなんだ。メイク下手だし、ファッションなんてまるでわかんないんだけどさ。でも、女の子のわたしを見てほしかったんだよ」

きみは急に立ちあがった。サマードレスの尻《しり》をはたいて夜空に背伸びする。

「でも、隆介を見ていてわかった。隆介はわたしのことを女として見ていないし、意識したこともない。もういいや。今夜で自由にしてあげる。元気になったみたいだし、わたしたちはこれで最後のデートにしよう。わたしがボタンを押したら、今の話は全部忘れて、男みたいな幼なじみにもどる。この話、二度と口にしたら許さないからね」

きみは振りむいて、透明人間になったぼくの右肩にそっと指先をのせた。ぼくも立ちあがる。うつむいているきみの左肩に手をのせた。

「じゃあ、今度はぼくが魔法のボタンをつかう。今から、きみは石になるんだ。なにをされても動いたらいけない」

ぼくはきみの身体をうしろから両腕で抱いた。やわらかなウエストのまえで手を組む。きみは焦って身動きをとろうとした。鋭くいう。

「石は動かない」

きみは一度びくりと震えてから、身体を硬くした。

「萌枝、ぼくもずっと同じことを考えていた。だけど、二十年以上も知りあいだったというのが、逆に壁になってしまった。今さらどうして、つきあってくれなんていえるんだろう。きみは別れた歴代ガールフレンドをすべて知っているのに、それでもぼくにチャレンジしてくれるのかな。こっちも不安だったんだ」

てのひらのしたできみの腹が呼吸にあわせて、ゆるやかに動いていた。この石はあたたかで、息をしている。メイクの失敗で悩んだり、人を好きになったりする。ひどく気まぐれで魅力的な石だ。

ぼくは腕を解《ほど》き、きみの正面にまわった。パーマのかかった前髪をあげて、きみの額を夜にさらす。

「萌枝は、まだ石だからね」

ぼくはきみの額にそっと唇をつけた。きみは目を涙でいっぱいにして、身体を硬くしたままだ。ぼくはきみの左肩に頬を寄せた。耳元でささやく。

「魔法のボタンは解除した。動いてもいいよ」

きみは獲物に飛びつく雌ライオンのようにぼくを抱き締めた。耳元でちいさく叫んだ。

「そうかあ。だったら先にいってくれればいいのに。あれこれ心配して損したよ。あぁ、うれしーな」

若いカップルが笑いながらぼくたちを見てとおりすぎていった。

「ちょっと、待ってくれよ」

きみからなんとか身体を引き離した。涙をさっさとひっこめると、きみはまた男の子のように笑った。

「別に減るもんでもないし、いいじゃない。それよりさ、このまま渋谷のラブホテルいって、Hしようよ。久しぶりだから、わたしヴァージンにもどってるかもしれない。キツキツかも。そういうの、隆介、好きじゃない？」

さっきのかわいい女の子はどこにいったんだろうか。きみの心模様の変化はいつだって予測不可能だ。

「冗談じゃない。告白してオーケーだったら、すぐにその場でHなんてわけにはいかないんだよ。男っていうのは繊細なんだ。今夜は予定のバーにいく。最初に萌枝とするなら、このつぎにちゃんとどっかに旅行にいくことにしよう」

きみは目をぎらつかせていった。

「いいじゃん。今夜もやって、旅行にもいけばいいんだ」

「やってとかいうな。そんなことといってると、魔法のボタンを押して、ひと晩じゅうこの通りに放っておくぞ」

バーのネオンサインにむけて歩きだす。きみはぼくの背中にいった。

「放置プレイかあ、悪くないかも。ねえ、怒ったの。さっきはあんな甘いことといってたくせに。ねえ、隆介」

ぼくは怒った振りをして早足ですすんだ。きみは走って追いつくと、ぼくに腕をからませる。ぼくたちはそのまま夏の夜の通りを歩き続けた。それからどこにいったのか、それはみんなの想像にまかせよう。

ヒントはひとつ。ぼくたちはまた朝までいっしょだった。またひどく酔っ払った。今度は確かにジーンズを脱がせる必要はなかった。まあ、萌枝とぼくの主張のどちらがとおったにしても、つぎの夜明け、ぼくたちが幸福だったのはまちがいない。

あとがき

この本で、とうとう十冊目の短篇集になりました。

いや、これはめでたい。自分でもびっくりです。

気がつけば、デビュー以来百を超える短篇小説を書いてしまった。まったく気が遠くなるような数字です。思いだしてみると、あんなことやこんなことも書いた。それ以上にそんなことまで書いてしまった。自分のなかにある素材はすべてつかったのではないか。そんなふうに感じるときもあります。

けれど、ぼくは今も毎月のように短篇小説を書いています。

それはプロとしての仕事というだけではなく、やはり短篇を構想して、舞台を決め、人物を配置し、一行ずつ仕上げていくのが、やはり好きなのです。作家が小説とつきあうのは、人とつきあうのと同じです。長い年月ずっと同行して熱く語りあうのが長篇、印象深くても時間は短く淡い大人のつきあいが短篇です。

みなさんなら、どちらの友人を選びますか。何カ月も何年もかけて冒険旅行をするより、休暇のあいだだけ押しつけがましくない気もちのいい友達とリゾートにいく。そちらのほうが実生活では気楽でいいですよね。

結局のところ、あまり体力がないぼくには、短篇小説のほうがむいているのかもしれません。今も書くたびに新鮮だし、ちょっとずつ新しい試みをいれて、短篇をつくるのがとにかくたのしいのです。初めて小説誌に依頼されて書いたとき、これはぼくにむいたスタイルだなと思いました。そのときから、あまり進歩していないように感じられるのが残念ですけれど、まあ、それはこれからがんばります。

この本に集めたのは、あちこちのアンソロジーに書いた短篇小説です。

出版界はよそと変わらず不況で、作家の顔見世興行と短期的な数字をあげるために、ずいぶんたくさんのアンソロジーが上梓《じょうし》されています。ぼくが毎回のように呼ばれるのは、きっと気軽に仕事を頼みやすいからでしょう。断って相手をがっかりさせるのが苦手なのです。

わがニッポンは下り坂の時代ですが、ゆっくりと坂道をおりていくだけなら、もう身を削って働く必要はありません。社会や成長のためでなく、自分の幸福のために働く。そんな時代には、坂の上の輝ける雲ではなく足元をゆったりと見つめる小石のような短篇がいいのではないでしょうか。ものがありあまった下り坂の時代には、心の自由と余裕が効くのです。

一冊の本を抱えて、みなさんも悠々と坂をおりてください。

では、関係者にご挨拶《あいさつ》。

角川書店編集局の松崎夕里さん、産休お疲れさまでした。出産のお話、つぎの長篇で必ずつかわせてもらいます。装丁の鈴木久美さん、しっとりとした文字のデザイン素敵でした。それぞれの短篇を担当してくださった各社編集者のみなさん、その節はたいへんお世話になりました。でも、そろそろアンソロジーは卒業させてもらいたいです。

最後に自信をもっていえるけれど、根拠がないひと言で終わりにします。無責任だと作者を責めないように願います。

本を読んでいる人は、だいじょうぶ。どんなに時代が変わっても、だいじょうぶ。

ではでは、またつぎの本で会いましょう。

人と花が満開の、夏のような四月午後に

石田衣良

解説

吉田伸子

あぁ、懐かしい！

本書を読んで思い出したのは、森瑤子《もりようこ》さんの恋愛小説のことだった。森さんの描く恋愛は、都会的で洒脱《しゃだつ》で、そしてどこか微《かす》かに翳《かげ》りをおびていた。とりわけ短編は、上質なチョコレートのようだった。甘美でいながらもほろ苦く、切なくやるせなくもキラリと輝いていた。38歳でデビューし、52歳でガンで亡くなるまで、20年に満たない歳月の間に、森さんは男と女の物語を書いて、書いて、書き抜いた。そして、そのまま駆け抜けて行ってしまった。夫も子どももいながら、身の裡《うち》にひりつくような淋《さび》しさを抱えた、もう若くない女の絶望と、熾火《おきび》のような最後の恋を描いたデビュー作『情事』を読んで以来、貪《むさぼ》るように彼女の小説を読んだ、あの日々。私にとって、森瑤子さんという作家は、私を恋愛小説の面白さに目覚めさせてくれた、大切な作家の一人だ。森さんが描いたヒロインたちが輝いたのは80年代だったけれど、彼女たちが現代を生きていたら、本書のヒロインたちのようなのではないか。そんな気がした。

本書は表題作を含む9つからなる短編集だ。表題作は、35歳の理沙子が、マンション購入の書類にサインをしていく場面から始まる。25年ローンで購入した、広めの1LDK。定年まで働き続ければ、住まいは自分のものになる。老後の住居問題はひとまずクリアした。「ひと仕事どころか、人生の半分に決着をつけた思い」だったが、その後で足を向けたインテリアショップで、ふたりがけ用の、いわゆるラブソファを見た瞬間、不意に理沙子の胸には結婚願望が湧き上がる。

この、理沙子が結婚願望に突き上げられるまでの流れが、実に鮮やか。恐らくは、当分はシングル、もしかしたらずっとシングルかも、それなら自分で自分の住まいは賄おうと決めた理沙子の決意が、ラブソファ一つでぐらりと揺れる。そんな女心の妙が、リアルに描かれているのだ。

その後、理沙子は猛烈に婚活を始める。お見合いパーティにも参加してみたものの、どうもしっくりこない。そんな理沙子に、会社の同期である美加は、自分の夫の友人を紹介する。製薬会社の研究所で働いているという、その男・直記に、最初は物足りなさを感じていた理沙子だったが……。物語のラスト、直記の思いがけない細やかさに触れた理沙子は思う。「今夜はこのあと、どうやってこの人と終電がなくなるまですごそうか」と。なんといっても、理沙子は「好きな男といっしょに朝を迎えるための手なら、実戦で鍛えた確実な方法を三通り身につけて」いるのだ。「それこそ今を生きる三十代女性のたしなみというものだ」。いいなぁ、この肉食感！

理沙子だけではない。新卒で就職した23歳の夏休みに出かけた香港《ホンコン》旅行で、結婚相手を占ってもらった麻希子（「真夜中の一秒後」）。ひとまわり年下の男子との恋の始まりにときめく人妻・千鶴子（「フィンガーボウル」）。〝におい〟が相手を選ぶ鍵《かぎ》になっている季理子（「夢の香り」）。7歳年下のアルバイト学生から告白される28歳の書店員・弓佳（「23時のブックストア」）。どのヒロインたちも、女子らしい計算高さも含めて、みなリアルだ。リアルで、そして可愛らしい。

衣良さんは、折々のトレンドを取り入れて、その時代の空気感のようなものを描くのが抜群に巧《うま》い作家なのだけど、本書でもそれは存分に生かされている。理沙子が身に纏《まと》うのは、流行《はや》りのシャーベットカラーを取り入れた「淡い春の空色のスプリングコート」だったり、「透ける素材を重ねた淡い花柄のプリントのワンピース」だ。千鶴子が年下の青年とフレンチレストランで乾杯するのは、リーデルのソムリエシリーズのチューリップグラス。二人が食べる、蝦夷鹿《えぞしか》のポワレと鳩のロティというのが、さりげなくエロティック。

弓佳の勤務する書店で待ち合わせをしていた、若い女性が身につけているのは、「千鳥格子のロングコートに流行の黒いブーツ。マフラーは萌《も》えるようなグリーン」である。千鳥格子のコートに色鮮やかなマフラーだなんて、読んでいるだけなのに、ぱっと目を惹《ひ》かれるじゃないですか。巧いなぁ、衣良さん。

どの短編にも、衣良さんのテイストが塩梅《あんばい》良く込められているのだが、なかでも、〝SEXこみの友人〟関係にあるカナコとヤスを描いた「リアルラブ？」は、小粋なタイトルも（？マークに技アリ！）含めて、衣良さんにしか描けない物語では、と思う。

最初から順番に一編ずつ読んでいくのも良し、目次で気になったタイトルの物語から読んでいくも良し。お休みの日の午後、一気に読むのも、寝る前に少しずつ読み進めるのも良し。とびきりのチョコレートの詰め合わせのような一冊を、さぁ、どうぞ！

本書は二〇一二年五月に小社より刊行した単行本を文庫化したものです。

ラブソファに、ひとり

石田衣良《いしだいら》

平成27年 1月25日　初版発行

発行者●堀内大示

発行所●株式会社KADOKAWA
〒102-8177　東京都千代田区富士見2-13-3
電話 03-3238-8521（営業）
http://www.kadokawa.co.jp/

編集●角川書店
〒102-8078　東京都千代田区富士見1-8-19
電話 03-3238-8555（編集部）

角川文庫 18959

印刷所●旭印刷株式会社　製本所●株式会社ビルディング・ブックセンター

表紙画●和田三造

ISBN978-4-04-102383-9　C0193

角川文庫発刊に際して

角川源義

　第二次世界大戦の敗北は、軍事力の敗北であった以上に、私たちの若い文化力の敗退であった。私たちの文化が戦争に対して如何に無力であり、単なるあだ花に過ぎなかったかを、私たちは身を以て体験し痛感した。西洋近代文化の摂取にとって、明治以後八十年の歳月は決して短かすぎたとは言えない。にもかかわらず、近代文化の伝統を確立し、自由な批判と柔軟な良識に富む文化層として自らを形成することに私たちは失敗して来た。そしてこれは、各層への文化の普及滲透を任務とする出版人の責任でもあった。

　一九四五年以来、私たちは再び振出しに戻り、第一歩から踏み出すことを余儀なくされた。これは大きな不幸ではあるが、反面、これまでの混沌・未熟・歪曲の中にあった我が国の文化に秩序と確たる基礎を齎らすためには絶好の機会でもある。角川書店は、このような祖国の文化的危機にあたり、微力をも顧みず再建の礎石たるべき抱負と決意とをもって出発したが、ここに創立以来の念願を果すべく角川文庫を発刊する。これまで刊行されたあらゆる全集叢書文庫類の長所と短所とを検討し、古今東西の不朽の典籍を、良心的編集のもとに、廉価に、そして書架にふさわしい美本として、多くのひとびとに提供しようとする。しかし私たちは徒らに百科全書的な知識のジレッタントを作ることを目的とせず、あくまで祖国の文化に秩序と再建への道を示し、この文庫を角川書店の栄ある事業として、今後永久に継続発展せしめ、学芸と教養との殿堂として大成せんことを期したい。多くの読書子の愛情ある忠言と支持とによって、この希望と抱負とを完遂せしめられんことを願う。

一九四九年五月三日

角川文庫ベストセラー

約束　石田衣良

池田小学校事件の衝撃から一気呵成に書き上げた表題作はじめ、ささやかで力強い回復・再生の物語を描いた必涙の短編集。人生の道程は時としてあまりにもハードだけど、もういちど歩きだす勇気を、この一冊で。

美丘　石田衣良

美丘、きみは流れ星のように自分を削り輝き続けた……平凡な大学生活を送っていた太一の前に現れた問題児。障害を越え結ばれたとき、太一は衝撃の事実を知る。著者渾身の涙のラブ・ストーリー。

5年3組リョウタ組　石田衣良

茶髪にネックレス、涙もろくてまっすぐな、教師生活4年目のリョウタ先生。ちょっと古風な25歳の熱血教師の一年間をみずみずしく描く、新たな青春・教育小説！

白黒つけます!!　石田衣良

恋しなくなったのは男のせい？　それとも……恋愛、教育、社会問題など解決のつかない身近な難問題に人気作家が挑む！　毎日新聞連載で20万人が参加した人気痛快コラム、待望の文庫化！

TROISトロワ　恋は三では割りきれない　石田衣良　佐藤江梨子　唯川恵

新進気鋭の作詞家・遠山響樹は、年上の女性実業家・浅木季理子と8年の付き合いを続けながら、ダイヤモンドの原石のような歌手・エリカと恋に落ちてしまった……愛欲と官能に満ちた奇跡の恋愛小説！

角川文庫ベストセラー

恋は、あなたのすべてじゃない　石田衣良

〝自分をそんなに責めなくてもいい。生きることを楽しみながら、恋や仕事で少しずつ前進していけばいい〟——思い詰めた気持ちをふっと軽くして、よりよい女になる為のヒントを差し出す恋愛指南本！

再生　石田衣良

平凡でつまらないと思っていた康彦の人生は、妻の死で急変。喪失感から抜けだせずにいたある日、康彦のもとを訪ねてきたのは……身近な人との絆を再発見し、ふたたび前を向いて歩き出すまでを描く感動作！

親指の恋人　石田衣良

純粋な愛をはぐくむ2人に、現実という障壁が冷酷に立ちふさがる——すぐそばにあるリアルな恋愛を、格差社会とからめ、名手ならではの味つけで描いた恋愛小説の新たなスタンダードの誕生！

ひと粒の宇宙　全30篇　石田衣良他

芥川賞から直木賞、新鋭から老練まで、現代文学の第一線級の作家30人が、それぞれのヴォイスで物語のひだを情感ゆたかに謳いあげる、この上なく贅沢な掌篇小説のアンソロジー！

グラスホッパー　伊坂幸太郎

妻の復讐を目論む元教師「鈴木」。自殺専門の殺し屋「鯨」。ナイフ使いの天才「蟬」。3人の思いが交錯するとき、物語は唸りをあげて動き出す。疾走感溢れる筆致で綴られた、分類不能の「殺し屋」小説！

角川文庫ベストセラー

マリアビートル　伊坂幸太郎

酒浸りの元殺し屋「木村」。狡猾な中学生「王子」。腕利きの二人組「蜜柑」「檸檬」。運の悪い殺し屋「七尾」。物騒な奴らを乗せた新幹線は疾走する！『グラスホッパー』に続く、殺し屋たちの狂想曲。

落下する夕方　江國香織

別れた恋人の新しい恋人が、突然乗り込んできて、同居をはじめた。梨果にとって、いとおしいのは健悟なのに、彼は新しい恋人に会いにやってくる。新世代のスピリッツと空気感溢れる、リリカル・ストーリー。

夜明けの縁をさ迷う人々　小川洋子

静かで硬質な筆致のなかに、冴え冴えとした官能性やフェティシズム、そして深い喪失感がただよう――。小川洋子の粋がつまった粒ぞろいの佳品を収録する極上のナイン・ストーリーズ！

ユージニア　恩田　陸

あの夏、白い百日紅の記憶。死の使いは、静かに街を滅ぼした。旧家で起きた、大量毒殺事件。未解決となったあの事件、真相はいったいどこにあったのだろうか。数々の証言で浮かび上がる、犯人の像は――。

孤独か、それに等しいもの　大崎善生

今日一日をかけて、私は何を失っていくのだろう――。憂鬱にとらえられてしまった女性の心を繊細に描き出し、灰色の日常に柔らかな光をそそぎこむ奇跡の小説、全五篇。明日への一歩を後押しする作品集。

角川文庫ベストセラー

チョコリエッタ　大島真寿美

幼稚園のときに事故で家族を亡くした知世子。孤独を抱え「チョコリエッタ」という虚構の名前にくるまり逃避していた彼女に、映画研究会の先輩・正岡はカメラを向けて……こわばった心がときほぐされる物語。

戦友の恋　大島真寿美

「友達」なんて言葉じゃ表現できない、戦友としか呼べない玖美子。彼女は突然の病に倒れ、帰らぬ人となった。彼女がいない世界はからっぽで、心細くて……大注目の作家が描いた喪失と再生の最高傑作！

オリンピックの身代金（上）（下）　奥田英朗

昭和39年夏、オリンピック開催を目前に控えて沸きかえる東京で相次ぐ爆破事件。警察と国家の威信をかけた捜査が極秘のうちに進められる。圧倒的スケールで描く犯罪サスペンス大作！　吉川英治文学賞受賞作。

愛がなんだ　角田光代

OLのテルコはマモちゃんにベタ惚れだ。彼から電話があれば仕事中に長電話、デートとなれば即退社。全てがマモちゃん最優先で会社もクビ寸前。濃密な筆致で綴られる、全力疾走片思い小説。

西荻窪キネマ銀光座　角田光代　三好銀

ちっぽけな町の古びた映画館。私は逃亡するみたいに座席のシートに潜り込んで、大きなスクリーンに映し出される物語に夢中になる——名作映画に寄せた想いを三好銀の漫画とともに綴る極上映画エッセイ！

角川文庫ベストセラー

青山娼館
小池真理子

東京・青山にある高級娼婦の館「マダム・アナイス」。そこは、愛と性に疲れた男女がもう一度、生き直す聖地でもあった。愛娘と親友を次々と亡くした奈月は、絶望の淵で娼婦になろうと決意する――。

永遠
小手鞠るい

短大で講師を務める由樹は、衆議院議員の柏井惇と逢瀬を重ねていた。しかし、由樹の目前にある男が現れ、彼女の過去の記憶を揺り起こすことになる――。著者の新境地となる恋愛サスペンス長編。

誰もいない夜に咲く
桜木紫乃

寄せては返す波のような欲望に身を任せ、どうしようもない淋しさを封じ込めようとする男と女。安らぎを切望しながら寄るべなくさまよう孤独な魂のありようを、北海道の風景に託して叙情豊かに謳いあげる。

僕の好きな人が、よく眠れますように
中村航

僕が通う理科系大学のゼミに、北海道から院生の女の子が入ってきた。徐々に距離の近づく僕らには、しかし決して恋が許されない理由があった……『100回泣くこと』を超えた、あまりにせつない恋の物語。

炎上する君
西加奈子

私たちは足が炎上している男の噂話ばかりしていた。ある日、銭湯にその男が現れて……動けなくなってしまった私たちに訪れる、小さいけれど大きな変化。奔放な想像力がつむぎだす不穏で愛らしい物語。

角川文庫ベストセラー

男と女とのことは、何があっても不思議はない　林　真理子

「女のさようならは、命がけで言う。それは新しい自分を発見するための意地である」。恋愛、別れ、仕事、ファッション、ダイエット。林真理子作品に刻まれた宝石のような言葉を厳選、フレーズセレクション。

ツ、イ、ラ、ク　姫野カオルコ

森本隼子。地方の小さな町で彼に出逢った。ただ、出逢っただけだった。雨の日の、小さな事件が起きるまでは——。渾身の思いを込めて恋の極みを描ききった、最強の恋愛文学。恋とは「堕ちる」もの。

ALONE TOGETHER　本多孝好

「私が殺した女性の、娘さんを守って欲しいのです」。三年前に医大を辞めた僕に、教授が切り出した依頼。それが物語の始まりだった——。人と人はどこまで分かりあえるのか？　瑞々しさに満ちた長編小説。

三人暮らし　群　ようこ

しあわせな暮らしを求めて、同居することになった女3人。一人暮らしは寂しい、家族がいると厄介。そんな女たちが一軒家を借り、暮らし始めた。さまざまな事情を抱えた女たちが築く、3人の日常を綴る。

絶対泣かない　山本文緒

あなたの夢はなんですか。仕事に満足してますか、誇りを持っていますか？　専業主婦から看護婦、秘書、エステティシャン。自立と夢を追い求める15の職業の女たちの心の闘いを描いた、元気の出る小説集。